snow
fountain press

2020

# Diáspora

## Armando Córdova Olivieri

Prólogo de
**Mery Sananes**

# Diáspora

©Armando Córdova Olivieri
Primera Edición, 2020

Snow Fountain Press
25 SE 2nd. Avenue, Suite 316
Miami, FL 33131
www.snowfountainpress.com

ISBN: 978-1-951484-46-0

Dirección editorial: Pílar Vélez
Diseño y diagramación: Alynor Díaz / Snow Fountain Press
Ilustración ojos contraportada: Ernesto Müller Pitaluga
Prólogo: Mery Sananes

Impreso en Estados Unidos de América.

# AGRADECIMIENTOS

Es para mí muy importante mencionar a aquellas personas que, de alguna u otra forma, contribuyeron a hacer realidad la publicación de este trabajo. En primer lugar, le debo a la parroquia de Mucurubá el haberme abierto su corazón hasta hacerme sentir uno más entre ellos.

Asimismo, quiero agradecer a mis lectores de las redes sociales por suministrar el aliento que dio vida a este proyecto.

Debo también reconocer el invalorable y reiterado apoyo de María Libertad Domador, mi editora y entrañable amiga, y el de la editorial Snow Fountain Press, por apostar al éxito de mi esfuerzo.

Igualmente, doy gracias a Mariarita Ivone por su solidario acompañamiento en el etéreo mundo de las redes, en esta aventura de letras sublevadas.

# ÍNDICE

# ¡CON LA DIÁSPORA HEMOS TOPADO!
## A manera de prólogo

L lega un libro a nuestras manos y antes de abrirlo nos recorre un temblor. Y es que la emoción siempre anticipa la lectura. Y, en este caso, el título alude a algo que nos es familiar: «Diáspora». ¿Una novela sobre esta dimensional tragedia? Hoy nos domina la angustia al preguntarnos hacia qué caminos nos va a conducir esta realidad. ¿Podremos descifrar sus secretos? Y esta obra, de la que ahora me apropio, ¿ayudará al logro de ese fin? ¿Se cumplirá una vez más la magia de ese mirar que el otro nos deja para que lo alcancemos más allá de la portada?

EN TERRITORIOS DEL ASOMBRO

Pero al comenzar la lectura se genera un asombro diferente. Tal vez porque nos situamos ante la visión de alguien que ha dejado parte de su sentir y vivir en unas páginas que pudieran contener cuestiones esenciales de nuestro propio presente y futuro. Y de allí mi interrogante: ¿Llegaré a descifrar esos decires que siempre se deslizan silenciosos entre las palabras para revelar sus misterios y sus enigmas a quien decida abrirlo?

¿Y cómo amarizar en ese asombro de cuyas huellas no tenemos dudas, en ese algo que quedará en el corazón de quien lo reciba? Porque no es este un bien con fecha de caducidad sino un tesoro al que volvemos siempre para nutrir los lazos que nos juntan a esa palabra que sale con o sin premura del vivir del otro, que nos deja sus señales y nos invoca a buscar las nuestras y soltarlas al aire libre, donde la vida no tiene cercas, ni la respiración queda atrapada en los bosques talados.

Todo eso vino a mi mente cuando me alcanzó este libro sobre el que ahora escribo. Y del asombro pasé a la dimensión del reto que tenía por delante. Vi claro que prologarle un libro a Armando Córdova Olivieri es un hermoso compromiso. Y se me hizo que no me costaría mucho enamorarme de esta obra. Porque solo desde un campanario que vibre se puede alcanzar al otro.

Con Armando y su hermana Elena, estoy ligada casi desde antes que nacieran. Me vincularon a ellos sus padres, Ligia Olivieri y Armando Córdova a quienes conocí en la Universidad Central de Venezuela en la década de los sesenta. Desde entonces se generaron quereres que perduran a través de los hijos. Por esto, nada de extraño se me hizo que mucho tiempo después Armando hijo me contactara, poco después de la muerte de su madre en el 2017, para explicarme el proyecto en el que andaba: lograr los medios para salvaguardar su memoria de artista reconocida y que en 1967 ganó el Premio de Artes Plásticas. No consiguió interesado alguno en ese rescate.

Así escribió Armando en el 2017: «Hace pocas semanas, mi madre murió después de ocho años de habérsele diagnosticado la enfermedad de Alzheimer. Sin embargo, a pesar de que lentamente se hacía más difusa la línea que la separaba de la realidad, mientras se sumergía en un mundo de lagunas y sombras ella, durante ese proceso, nunca dejo de pintar y dibujar». Y agrega: «Así que, a lo largo de estos últimos años he compilado una serie de relatos cortos de los cuales he hecho una selección de cincuenta **Recuerdos Robados** de la memoria familiar, de los cuales, todos ellos, sin duda, pertenecieron a la de mi madre. Adicionalmente, hemos conservado la totalidad de los dibujos que, en la progresividad de la enfermedad, mi madre realizó».

Y muchos de esos cuentos que entonces me hizo llegar Armando me abren las compuertas para adentrarme en el mundo que había construido en su interior. Y lo hallado fue sorprendente. En ese material estaba ya sellada la voz de un narrador, de alguien que no mira distante sino hacia adentro y que puede reconstituir una memoria de apenas una señal.

## LOS PASOS DE UN CREADOR

Armando, nacido el 26 de Septiembre de 1960 en Caracas, da los pasos que lo llevaron a formarse primero como economista y luego como escritor. Su proceso de formación desde niño tiene signos que limitan con las vicisitudes. En 1967-68 inicia su primaria en una escuela de Munster-Alemania. Pero en 1969 ya está de regreso y hasta 1972 estudia en la Escuela Comunitaria de San Antonio de los Altos, Miranda. La secundaria la comparte entre dos liceos mirandinos hasta 1975. Pero su graduación se produce en el Liceo Cervantes, de Roma-Italia donde estudió en el período 1976-78.

En 1979 está de regreso e ingresa de manera provisional a la Escuela de Estadística porque debía hacer equivalencia de su título de bachiller. Este estudio no le convenció. Pasa al Ciclo Básico de Ingeniería a inicios de los ochenta que tampoco le satisface. Su padre, el notable economista Armando Córdova (1928-2011) le sugiere que estudie Economía y termina por graduarse en 1988. Y esto a pesar de que, al propio decir de Córdova Olivieri, «la economía no me interesaba mucho. Porque el estigma del "hijo de" me hacía rehuir todo terreno que ya había sido pisado por él».

Seguramente está inserto en este proceder una confrontación con el carácter fuerte, disciplinado y exigente del padre. De allí el empeño del hijo por exhibir su capacidad: «no me interesaba la economía, pero posterior e inexorablemente terminé imbuido en ese estudio. Y me gradué dos veces: Venezuela 1988 y Alemania 1989-94. Y todo para demostrarle a mi padre "cosas que no venían al caso demostrar"».

En estas palabras se siente una especie de reclamo personal de realización, tal vez porque se mira en el espejo de su hermano Daniel, procreado en el primer matrimonio de su padre, «que llevó en su interior tormentos que nunca se atrevió a ventilar». En su caso, Armando, se propone apartarse de esas situaciones agobiantes. Pero ¿lo logra? ¿Cómo y cuándo?

En 1995 Armando está como profesor de Econometría y Estadística de la UCV. Simultáneamente diseña y crea la Oficina de Programación y Análisis Macroeconómico (OPAM) adscrita al Ministerio de Hacienda, la cual dirigió hasta el año 2000. En este mismo año pasa a ser Profesor por Concurso de Oposición de la Cátedra de Economía.

Pero en el 2001 Armando renuncia al mundo académico porque no resiste su bajo nivel.

Emprendida la retirada, Armando acampa en Mérida. La montaña es su aliciente con calor de magia. Pero todavía los apremios lo impulsan hacia alguna actividad académica formal que no se concreta. Por ello, en un soleado amanecer se marcha hacia esos espacios de páramos y nubes. Hacia el asidero de la tranquilidad, ausencia de perturbación y fatigas. Es el aire de la frescura, la amistad y el acercamiento de la gente a un diario compartir. Son los suelos de San Rafael de Mucuchíes. Y comienza a estar en la mira las «letras sublevadas» de Armando que aspira puedan servir a los futuros sembradores de porvenir.

## EL TISURE CAMBIA VIDA

Es un paisaje que conoció en profundidad a inicio de los ochenta cuando deja momentáneamente el básico de ingeniería y va de visita a Mucuchíes y El Tisure. Es un encuentro inolvidable con un embrujo de piedras y gente de magia, amor y canto como lo son Juan Félix Sánchez y Epifanía Gil. Dos seres de fibras y espíritu de amor que le cambian la vida a Armando.

Y así, desde el 2001, Armando se ubica entre colinas y ríos, pueblos de gente sencilla, pródiga, rumbo a la realización del sueño de contribuir a preservar la naturaleza como el hábitat fundamental de quienes comulgan con la esperanza de humanización.

Ahora su meta está marcada: el paraje de encantos que es El Tisure donde hizo casa de piedras el artista Juan Félix Sánchez en compañía de Epifanía Gil. Y en esta hora, Armando va tras ellos. Sus instrumentos de científico de la economía quedan en resguardo. Y se dirige hacia la gran sabiduría: la del hombre que observa, captura, aprehende y se compromete con la creación, capaz de señalar otra forma de ser y vivir que le aparte de situaciones agobiantes y destructoras. Y hasta hoy prosigue en ese satisfactorio andar.

Para Armando esta experiencia significa un rompimiento en los pasos de su vida. Fue crecer en una dimensión horizontal extraordinaria. Su estadía inicial en el Complejo de El Tisure y lugares aledaños donde después se residencia, es algo que lo llenó de los misterios que la estadística y la econometría no logran resolver. Desde esos silencios, la música del viento sobre las altas espigas de las mazorcas lo fueron llevando a estudiar con mayor detenimiento la historia de esas tierras, muchas de ellas convertidas hoy en espacios arrasados y saqueados.

En esa poblada soledad en la cual Armando cohabitaba con todo lo que la naturaleza ponía a su alcance, fue creciendo cada vez con mayor rigor su deseo de dejar escrito su testimonio, su visión del mundo, su percepción de la tragedia que aquí asedia a lo largo de la vida.

Entendió que ahora tenía entre sus manos un instrumento mayor a las calculadoras previstas para sacar los más complejos cálculos pero jamás para medirle el azul a los cielos, el verdor a la hierba o la sonrisa del hombre que siembra espigas para su pan.

Y por esas sinrazones de la vida, por ese azar que de pronto junta fronteras lejanas, abre brechas en los muros, desata vientos donde solo hay espacios cerrados, Armando se pone en comunicación con una persona ligada al mundo editorial que, sin conocerlo personalmente, comenzó a leer sus escritos.

El hallazgo de novedades en estas lecturas lo llevan a desarrollar el proyecto de su publicación. Para ese momento Armando tenía lista una trilogía: 1- *La Mirada de Pascualina,* ya publicada, 2- *Diáspora* que es este libro, listo para salir y que me ha tocado el privilegio de prologar y la 3- titulada *Sigurd de Erdianópolis,* que aún aguarda su turno.

## *DIÁSPORA*: UN HALLAZGO EXTRAORDINARIO

Y recibido el original de *Diáspora,* su lectura fue en verdad un inmenso y extraordinario hallazgo. Ya se sabía de la capacidad creativa de Armando en sus relatos cortos, pero ahora estaba frente a un volumen tramado con inteligencia y sabiduría. Como una estructura que recuerda la iglesia de piedras de Juan Félix, entre cuyas paredes se filtran, libres y cristalinas, las aguas de un manantial.

En *Diáspora* Armando logra hilar una historia que no deja nada sobreentendido. Cada parte es una radiografía de una realidad que conoce bien y, por consiguiente, la expone con un lujo de detalles que, lejos de saturarnos, nos conduce hábilmente a querer saber más.

Pero, adicionalmente, compone una trama como si fuese una partitura musical. Todas las notas entran en acción, los ritmos, los adagios y los allegros. No nos deja incógnitas, pero las va resolviendo con la agilidad de un maestro de ceremonia, que utiliza su extraordinaria memoria y su abundancia de saberes, para que todo tenga la apariencia de una obra cuya resolución se ha de encontrar al final.

Hay un desenvolvimiento de los hechos, los personajes, el ambiente y la historia misma que, a manera de un gigantesco rompecabezas, se va armando con sigilosa factura y un denodado propósito de difundir una realidad que no se limita solo a una visión política de la Venezuela actual, sino que se extiende a la relación que se establece con otras realidades y, si se quiere, una ingeniería de los hechos, actitudes y conductas, que para nada se constituye en un apasionado libelo ideológico, sino la presentación de un cuadro que se enlaza mucho más allá de lo que está al alcance de la visión común.

La novela está llena de datos factuales que se sostienen sobre informaciones verosímiles. Y, sin embargo, lejos de hacer pesada la lectura, se torna en una especie de redescubrimiento de situaciones que, muchas veces, por estar ante nuestros ojos, dejan de verse. El lector se siente cómodo y en confianza con lo que lee. Y prosigue animado por su ritmo.

El texto, además, adquiere —y lo observamos hacia el final— una composición circular que nos lleva del principio hacia el fin, para dar lugar a un nuevo inicio. Los personajes fundamentales que, al presentarse, parecieran tener un sino determinado, giran por circunstancias especiales y entran y salen de situaciones que bien pudieran considerarse terminales.

Sin embargo —y sin forzar la realidad— el hilo de acontecimientos simétricos que se desarrollan permiten al lector comprender el proceso y verlos, además, como el producto de una realidad extremadamente compleja, en la cual una especie de ruleta sin nombre permite que unos se queden en el camino y otros salgan libres de una bala que a ellos iba dirigida.

## LA REINVENCIÓN DE VENEZUELA

La obra, como advertíamos en un inicio, reinventa el expaís llamado Venezuela, en un territorio con otra denominación. Y está presente, además, un gobernante cuyo cambio de nombre para nada hace perder la perspectiva de quien se trata, sin caer en forma alguna en un estilo folletinesco o en un libelo politiquero. Los personajes coexisten, sin interacciones. Se produce una realidad que actúa a pesar de sus más obcecados protagonistas. No es el caso, sin embargo, narrar la historia que cada uno va a leer, sino sobresaltar la envidiable habilidad del narrador para entrecruzar historias, casi opuestas entre sí.

El resultado, sin lugar a dudas, es un texto que nos deja mucho más de lo que dice. Incorpora al lector a su propia aventura y —si se quiere— entabla una conversación con él. ¿Acaso las situaciones no nos son familiares? ¿Qué hemos hecho o hacemos ante ellas? ¿Repasamos o no algunas realidades que conocemos o intuimos?

Hay un abordaje que, a pesar de su complejidad, se nos presenta como una lógica continuidad de una historia que corre frente a nuestros ojos, sin que logremos detenerla. Nada se escapa a la mirada del autor. Cada detalle cumple una función y a la vez se enlaza con otro.

Un gigantesco descubrimiento, desarrollado en sus inicios por un científico alemán que vivía en Venezuela y que luego trabaja junto con su hijo adoptivo, asoma la posibilidad —siempre buscada— de hacer de la ciencia un mecanismo de cambio de las situaciones catastróficas que dejan devastadas tierras y seres. Y juega con uno de los temas que se han convertido en centrales en estos tiempos de complicidad mayor: la posibilidad de gobernar algunos fenómenos atmosféricos y climáticos, con el fin de producir lluvia donde hay sequía, de prever los deslaves, para proteger al medio ambiente y al ser humano que vive en él.

¿Fue posible que esto ocurriera? ¿O se llegó a pasar de su uso pacífico a convertirse en un arma de destrucción? No pueden ser más actuales los problemas planteados. Y en trasfondo, esas historias paralelas dan cuenta de la persecución y masacre de los habitantes cercanos a lo que se da por denominar Arco Minero, convertido más bien en un mundo de fosas.

La madre de este niño, violentada como tantas en la historia de la pobreza y cuya pareja desaparece tan fugazmente como apareció, busca salir embarazada para poder optar a un subsidio del gobierno. Pero, cuando se produce el nacimiento del niño advierte que no tendrá capacidad alguna para protegerlo y lo entrega en adopción. Es reclutada posteriormente, debido a su notoria belleza, para prestar sus servicios a rangos superiores. Su historia se entremezcla porque ese hijo resulta ser precisamente el que adopta el científico alemán.

¿Cómo completa el autor el ciclo de esta historia? Eso queda a la lectura. Pero desde su desarrollo inicial hasta su culminación, la narración nos entrega claves certeras para acercarnos no solo a este terrible período de la historia que actualmente vive Venezuela sino también a ese perverso ajedrez político que los grandes dueños del mundo practican a diario sobre la muerte de tantos.

## UN PAÍS DIÁSPORA ES SIMPLE ESPACIO DE MUERTE

Y a lo largo de este recorrido por la sinrazón hay un logro mayor: de la renuncia a una realidad que aturde, entristece, agobia y atormenta nace una obra de indudable poder creativo, imaginativo y convincente que no se queda en los territorios de la literatura del sin compromiso. En este caso, de lo que podría considerarse como un atolladero humano-emocional, se levanta una densa expresión que obliga a pensar sobre lo que estamos viviendo en términos de angustia y padecimiento. Sobre una tragedia que invita a construir la verdadera casa para la vida del hombre, con capacidad para deponer todo disfraz que nos reste capacidad y sentido para entender que un país-diáspora es una simple partida de muerte que no es posible aceptar ni compartir.

A Córdova Olivieri hay que darle un inmenso mérito por escribir una obra que junta el expediente a la esperanza y al proyecto de sublevación. Por ello su lectura se habrá de convertir en una obligada reflexión para quienes en verdad desean que se revierta toda situación que implique a una legión de venezolanos sobre quienes recae el peso de una persecución profundamente destructiva desde el momento en que se lanzó, con Cervantes, aquel grito de alarma que retumbó en almas, rincones y en el adentro de muchos abatidos y en pleno desconsuelo: ¡Con la diáspora hemos topado!

Y se ha extendido ya ese dolor que tanto ha penetrado en el sentir del alma venezolana que clama a diario por un poquito de alegría por la consagración de la vida, la entrega y el amor de todos y para todos.

**Mery Sananes**
Diciembre 2019

# Mi ejército de letras

Escribiré hasta que sea sangre lo que emane de mi gastada pluma. Escribiré hasta que los callos de mis yemas no me dejen sentir las teclas. Sé que la perseverancia dará algún día el esperado fruto de captar la atención de gente suficiente para una rebelión pacífica. Desde estos lejanos parajes, no es otra cosa la que puedo hacer para confluir en el gran río de rabia que, tras la larga tormenta de la tiranía, corre por todos los caminos de Venezuela.

Escribiré hasta que aquellos, invadidos por la indiferencia, salten por el estridente llamado. No me importan las consecuencias, ni tampoco le tengo miedo al eco sordo de mi clamor, apagado por la pasividad ante un país que se derrumba desahuciado. Mi conciencia está tranquila pues me mueve la denuncia sincera de la mala voluntad de seres que, movidos por el interés personalista, pretenden callar a un pueblo entero, mientras calientan el ánimo de sus acólitos seguidores y los arman para que nos detengan, escondiéndose cobardemente a sus espaldas.

La victoria llegará mañana o dentro de medio siglo, cuando ya la vida me haya abandonado, porque sé que aún después de morir, allí estará presto, al tiro del lector curioso, mi infinito ejército de letras sublevadas en contra de la injusticia y la impunidad, dónde y cuándo sea, que alguien resucite mis ideas al leerme.

No hay pólvora en mí convocatoria universal. Es la fuerza de la razón la que me gobierna y que, tarde o temprano, me reivindicará en el curso de los hechos, a la víspera en ese esperado momento, en el que la chispa encienda el fulgor de mi poderoso regimiento y descienda del ciberespacio, para aplastar la carne viva del opresor desprevenido.

No es lamento, no es odio y tampoco amenaza. Es solo la fuerza de la perseverancia en una idea, que por prístina y desnuda, se devela inequívoca ante nosotros, en el instante en que el torpe dictador, presa de un descuido, deje abierto un flanco para que mi tropa de intrépidas letras, invada su guarida y lo destierre para siempre de mi sagrada tierra.

La novela *Diáspora* relata la épica vida de un niño que nace, producto del embarazo precoz de su madre, en un lejano pueblo de los Andes merideños bajo el yugo de una terrible dictadura en Venezuela. Aun cuando la trama y sus protagonistas son totalmente ficticios y se enlazan en una fantasía de ciencia-ficción, se trata de un bosquejo arquetípico del drama social, político y económico que actualmente enfrenta la población de este país, obligando a gran parte de ella a tener que huir hacia otras naciones de la región.

En este ejercicio narrativo se yuxtaponen las experiencias migratorias de otras épocas y de distintas latitudes en el contexto del cambio climático, para provocar la reflexión del lector acerca del futuro de la humanidad.

*Armando Córdova Olivieri*

# «Fasten seat belts»

Sentado en el puesto 35 A, en la ventanilla del avión, Gabriel Cantarrana estaba muy atento a todo lo que sucedía a su alrededor. A la edad de 19 años, era su primer viaje aéreo. A su lado iba sentado el señor Ralf Topp, el abogado albacea de los Sonntag. Topp había viajado a la Republica Socialista de Petrólea por instrucciones póstumas del señor Karl Sonntag, quien había muerto de repente en un hospital alemán, en la ciudad de Karlsruhe, dejándole una cuantiosa herencia a Gabriel. Todo había sucedido tan rápido y sorpresivo, que Gabriel apenas lo podía creer.

El Señor Karl y su esposa Liselotte llegaron a Venezuela en el año 1990. Él era un prominente físico alemán, jubilado a la edad de sesenta y un años en la Universidad de Karlsruhe. En un viaje, durante los años ochenta, la pareja quedó enamorada de los Andes venezolanos; ahora llamados, por decreto, petroléanos, pues desde 1999 se instauró una dictadura que cambio el nombre de Venezuela a República Bolivariana de Venezuela y más tarde por el de República Socialista de Petrólea. Se juraron regresar para establecerse en los alrededores de un pueblo sobre las montañas andinas llamado Mucuchíes, en tierras que posteriormente compraron.

Gabriel había sido adoptado por los Sonntag después de que su mamá, Josefina Cantarrana, lo abandonara yéndose con un hombre desconocido a Colombia cuando él apenas llegaba a su primer año de edad. Ni él ni su madre sabían quién era su padre. Ella había «logrado», de forma intencional, quedar preñada ejerciendo la prostitución, para acceder a los recursos económicos que el estado de Petrólea le daba a las mujeres embarazadas, en momentos en los que la población del país se moría de hambre por la mala gestión gubernamental de su dictador, Nicanor Madeira, quien llevaba más de veinte años en el poder al momento del viaje de Gabriel.

Se encendió el anuncio de «Fasten seat belts» y la aeronave comenzó a moverse por la pista para ubicarse en posición de despegue. La azafata pasó revisando los cinturones de cada pasajero y se perdió en la parte posterior del avión. El abogado Topp casi no hablaba nada de español, salvo por unos pocos vocablos que había aprendido en alguno de sus viajes vacacionales a la isla de Tenerife, destino predilecto de los alemanes en el verano. Gabriel tampoco hablaba alemán o eso creían todos, pues habiendo crecido en compañía de los Sonntag, era muy posible que el enigmático joven hubiera aprendido el idioma y, dada su retraída personalidad, prefiriera esconder sus conocimientos del alemán para pasar desapercibido. Para comunicarse, los compañeros de viaje, desmoronaban un precario inglés que con dificultad les permitía entenderse. Fue hasta que aceptaron que las señas eran su mejor opción, cuando la comunicación entre ambos comenzó a hacerse más fluida.

Las azafatas ya habían dado las instrucciones de seguridad y emergencia a los pasajeros. La nave se detuvo un instante y arrancó, de repente, acelerando de manera creciente hasta emprender vuelo rumbo al aeropuerto de Frankfurt. Era diciembre del año 2021, año segundo de la República Socialista de Petrólea, cuando Gabriel ingresaba al flujo migratorio de la diáspora demográfica del país.

# Un encuentro en la carretera

El anuncio de cinturones atados se apagó tras una suave y sorda campanada electrónica. El señor Topp sintió retortijones en el estómago y de inmediato se soltó el cinturón, salió al pasillo y caminó apresurado hacia la zona posterior del avión. Gabriel, desconcertado, no sabía qué sucedía y se quedó tranquilo en su asiento, hasta cuando pasó la azafata sonriente ofreciéndole, en una bandeja, unos pañitos humeantes que olían alcanfor. Observó que los pasajeros que iban en la fila delantera se los ponían en la cara y luego los dejaban desordenados sobre la mesa desplegable que tenían al frente, para que las azafatas los retiraran con unas pinzas. Gabriel hizo lo propio.

ooo

Cuando a la edad de dieciséis años Josefina quedó embarazada, ocultó la noticia a sus padres hasta que ya no pudo esconder más la barriga. Al enterarse, su estricto y orgulloso padre la echó sin titubeo a la calle obligándola a deambular por Mucurubá, su pueblo natal que, indiferente, la ignoraba a su paso. Durmió a la intemperie en la plaza del pueblo, cubriéndose con una cobija que había logrado sacar de su casa cuando la echaron. Posteriormente vivió alojada en casa de amigos que, tarde o temprano, también terminaron corriéndola. Así transcurrió el embarazo hasta que, a la altura del sexto mes, se encontró con la señora Liselotte Sonntag quien venía conduciendo su automóvil desde Mérida.

La señora Sonntag al ver a Josefina pálida, parada a un lado de la carretera, se detuvo para preguntarle si todo estaba bien. La muchacha le respondió que estaba mareada y no tenía donde dormir, al momento que comenzaba a caer una persistente llovizna. La amable Liselotte, después de escuchar el relato de la joven acerca de su precaria situación, la llevó a la posada de una amiga donde pagó tres meses adelantados de una habitación, para que Josefina tuviera donde vivir mientras resolvía sus problemas. Sobre el portón de la posada colgaba un tablón de madera en el cual se leía, en letras talladas, «Posada Los Sauces».

Josefina, atendida por la señora Sonntag —quien iba a visitarla todos los días— y con el buen trato de la señora Betania, dueña de la posada, se quedó allí hasta la llegada del parto.

Cuando Josefina deambulaba por las calles en busca de lo inesperado, no podía imaginarse que ese encuentro con la señora Sonntag tendría tantas consecuencias en su vida, en la del hijo que tendría y en la del país que le signaba ese repudiable presente.

ooo

El señor Topp intentaba entablar conversación con Gabriel, quien parecía o simulaba no entender nada de lo que el otro le decía, hasta que finalmente desistió de hablarle. Esto le permitió al muchacho concentrarse en el infinito paisaje que le ofrecía su ventanilla. Adentrándose en una profunda introspección, viajó hacia su niñez cuando su padre adoptivo, Karl Sonntag, descubrió en él su sobresaliente inteligencia.

El señor Karl había notado que Gabriel era muy inteligente y debía tener un coeficiente intelectual fuera de lo común. Un día «bajó» de internet un test de los que solían hacerse en las escuelas alemanas a los niños al momento de ingresar. Se trataba de juegos intuitivos, con figuras geométricas que entretenían a Gabriel, mientras marcaba las respuestas de los acertijos gráficos a la corta edad de cuatro años. El resultado fue sorprendente y, en efecto, el chico mostró una inteligencia superior al promedio de los niños de ocho años de edad. Podría tratarse de un nuevo Mozart, Newton… Tesla… pensaba el señor Karl.

# Todos huyen

Al cabo de cuatro horas de vuelo, Gabriel no aguantaba las ganas de orinar y recordó que al ingresar al avión vio cerca de la puerta de entrada, la señalización grafica de la existencia de baños. No se imaginaba cómo podía ser orinar en el aire, volando en un avión, aun así se atrevió a despertar al señor Topp para que lo dejara pasar por encima de su puesto. Caminó hasta el final del pasillo, entró al baño, pasó el pestillo de la puerta y se sintió reconfortado de verse en la intimidad del ruidoso baño de un avión en pleno vuelo, luego de varias horas ininterrumpidas de haber estado expuesto al roce social en situaciones insospechadas para alguien que no había salido jamás de las montañas de Petrólea.

ooo

Lo acontecido en el país durante los veinte años que llevaba gobernando el comandante Nicanor Madeira —cuyo proyecto político siempre fue el de someter a la población con hambre, populismo y represión, mientras él y sus acólitos se enriquecían manejando como una hacienda propia las enormes riquezas de la nación— habían hecho de la educación otra forma de sumisión y adoctrinamiento.

Por fortuna, Gabriel, de sobresaliente inteligencia, creció acobijado por la sabiduría y generosidad de los Sonntag, quienes asumieron la responsabilidad de su crianza y educación desde que era un bebé y le forjaron una visión muy completa de su propia existencia conectada a la de un mundo que se desenvolvía en forma cada vez más vertiginosa.

Aún recuerda cuando el señor Karl le dijo que él no permitiría que en la escuela lo convirtieran en un «burro de la revolución». Todos los días después del desayuno, en vez de ir al colegio, los dos se sentaban en la mesa de la cocina y el señor Karl, con perseverancia, a lo largo de toda su infancia y adolescencia, le fue enseñando lo que, a su juicio, Gabriel estaba en capacidad de aprender, dada su aventajada inteligencia.

El niño parecía una esponja que todo lo absorbía. El señor Sonntag se especializaba en la física del plasma eléctrico y se esmeraba en transmitir al pupilo todo lo que sabía sobre eso. A los diez años Gabriel ya había construido su primera bobina de Tesla y la había convertido en su juguete predilecto.

Poco a poco, el país se fue convirtiendo en un *apartheid* político de la disidencia, haciendo que quienes no comulgaban con las ideas «revolucionarias» del gobierno, quedaran al margen de la sociedad, obligándolos paulatinamente a tener que abandonar el país. Durante los últimos diez años habían salido de Petrólea cerca de diez millones de habitantes, hacia los más diversos destinos, atendiendo a los recursos y capacidades de cada uno al abandonar la patria. Los más pobres se veían obligados a huir por la frontera, vía terrestre, ocasionando una crisis humanitaria en los países fronterizos que recibían a los fugitivos inmigrantes. Había mucho caos y tensión creciente en las fronteras de Petrólea. Algunos de los que se iban daban testimonio al mundo de la tragedia venezolana portando consigo enfermedades contagiosas como tuberculosis, malaria y paludismo. Padecimientos que se habían hecho endémicos nuevamente, después de haber sido erradicados en el pasado.

ooo

Fuera del avión resplandecían las estrellas y sumido en el pesado y frío ambiente, Gabriel se fue quedando profundamente dormido, arrullado por el intenso sonido de las turbinas.

# Un pasado que regresa

Una campanada electrónica irrumpió el silencio de la cabina de pasajeros, despertando a Gabriel del profundo sueño. Advirtió que el anuncio luminoso de «Fasten seat belts» estaba encendido de nuevo. De inmediato se escuchó por los altavoces al capitán de la nave, hablando en español y posteriormente en alemán, indicando que estaban próximos a aterrizar en el moderno aeropuerto de Frankfurt.

ooo

Entre las formas que el señor Karl buscaba para hacer entretenidas las clases de su pupilo, estaba la emulación del método peripatético aristotélico, al menos dos veces a la semana. Se iban temprano en la mañana, bordeando la orilla del río, cada quien con su caña de pescar al hombro. Para cada uno de esos maravillosos paseos el señor Karl elegía un tema de conversación, cuyo contenido y desarrollo tenía preparado con antelación. En una ocasión, que Gabriel nunca olvidó, el señor Karl comenzó a hablar sobre la Segunda Guerra Mundial, tema que para un alemán que había nacido al final de esa época, era un tópico muy especial. Se detuvieron al margen del rio y sobre la arenilla de la ribera, el maestro dibujó un enorme mapa del mundo, tan completo, que parecía sacado de una enciclopedia. Con sumo cuidado dividió el mapa en países, mientras nombraba a cada uno de ellos. Gabriel sabía que, de acuerdo a la costumbre, él debía recordar el nombre de cada país al momento en el que se lo requirieran. Hacía unas semanas, habían hablado de la Primera Guerra Mundial y ese día lo harían sobre la Segunda.

El padre del señor Karl era piloto de la Luftwaffe y fue derribado por las tropas norteamericanas en el año 1944, frente a las costas de Abisinia, antigua colonia italiana al norte de África, logrando amarizar milagrosamente cerca de la costa. Quienes lo habían derribado estaban más lejos de él, de lo que él lo estaba de la costa, así que eso le daría tiempo de esconder su arma de reglamento antes de que lo apresaran. Ocultó su Luger de cacha de roble y su identificación militar debajo de unas rocas cuyas coordenadas aproximadas memorizó al momento de estrellarse.

Una patrulla de soldados norteamericanos le dio alcance y lo entregó a los soviéticos, con quienes se tenía un acuerdo para el encarcelamiento de los prisioneros de guerra alemanes apresados por tropas norteamericanas en esas tierras. Estuvo preso cerca de tres años hasta que finalmente le dieron libertad en 1947. Para aquel entonces el señor Karl era apenas un niño de cinco años que no sabía nada acerca del paradero de su padre.

Aquella mañana, el señor Karl detuvo la conversación y, con unas discretas lágrimas corriéndole por la mejilla, le mostró a Gabriel un pedazo de pistola oxidada que tenía envuelta en un pañuelo blanco diciéndole: «Esta era la Luger de mi padre, quien la fue a buscar al lugar donde la había escondido años atrás».

Le explicó que lo que estaba sucediendo en Petrólea se parecía en muchos aspectos a lo que había sucedido en Alemania, en aquel entonces. Le dijo que tarde o temprano terminaría también la pesadilla de la otrora República de Venezuela, pero que iban a sufrir por muchas décadas las secuelas de la oscura época por la que estaba pasando el país.

Gabriel comprendió que aquellos penosos momentos de la historia alemana, habían producido flujos migratorios cuyas consecuencias podían verse en el presente. El señor Karl le ilustró, citando ejemplos recientes de la historia de Latinoamérica, lo que podría significar para los petróleanos el haber tenido que abandonar a la fuerza, en forma masiva, la tierra materna. Aquella lección terminó con un terrible epílogo del señor Karl: «Pero la más dolorosa diáspora es esa que llevamos por dentro, quienes la provocamos».

ooo

Una vez chequeados los pasaportes, el abogado Topp y Gabriel caminaban sobre las largas correas transportadoras de transeúntes en el aeropuerto internacional de Frankfurt.

# En un lujoso automóvil

Después del parto, a Josefina Cantarrana le estaba yendo muy bien en la posada. Ella era una adolescente que por su inmadurez e ignorancia había hipotecado su vida a cambio de una beca que otorgaba el gobierno del comandante Madeira a las mujeres embarazadas, mientras que Petrólea se hundía en la miseria. Todos pensaban, y entre ellos los Sonntag, que ese tipo de compensaciones sociales, otorgadas por el gobierno al embarazo, eran de exclusivo corte populista y que, en realidad, la medida perseguía compensar, con el más frío y calculado cinismo, la intensa diáspora que desangraba demográficamente a Petrólea, con vientres de la pobreza, tal cual se tratara de ganado humano. Para los expertos en políticas públicas, era claro que ese tipo de medidas traerían consigo un nefasto culatazo en términos de bienestar social colectivo.

En esas circunstancias, una adolescente pobre y embarazada quedaría condenada a una insuperable condición de pobreza extrema, que la obligaría a militar políticamente a favor del gobierno a cambio de mantener las miserables dádivas económicas.

Sin embargo, Josefina no supo apreciar la fortuna que tenía al vivir a expensas de los Sonntag y su espíritu aventurero la hizo doblegarse ante la tentadora propuesta que le hiciera, en una fiesta pueblerina, un elegante señor «con acento de afuera». Josefina, como muchas mujeres de Petrólea, era una mujer sumamente atractiva y llamaba la atención de los hombres por donde quiera que la vieran. Aquel desconocido le prometió dinero, joyas y vestidos si se iba esa noche con él.

No se sabe si fue por el alcohol o por simple y egocéntrico egoísmo que Josefina renunció a su maternidad, dejando a su pequeño hijo al cuidado de los Sonntag. Lo cierto es que la adolescente terminó yéndose una madrugada en un lujoso automóvil en cuyo interior conoció a otras muchachas que también habían aceptado la tentadora oferta del desconocido que las había cautivado a todas, gastando para ellas fajos de los devaluados billetes de Petrólea en bebida y cigarrillos.

Al día siguiente de haber partido, las muchachas despertaron todas sobre la cama matrimonial de una calurosa habitación sin ventanas, con una pesada resaca que no les permitía recordar casi nada. Habían rodado toda la noche y ninguna de ellas sabía dónde estaban. Al intentar salir de la habitación, en la que habían pernoctado, vieron con terror que estaban encerradas bajo llave.

Al cabo de un rato, después de tanto golpear la puerta, entró un corpulento hombre advirtiéndoles que si seguían haciendo ruido les iba a ir muy mal a todas. Para que las otras escarmentaran y dar muestras de que hablaba en serio le dio un duro golpe en el estómago a Josefina, quien quedó inconsciente en el suelo, mientras el resto de las muchachas se alejó de ella hacia un rincón de la habitación.

Cuando horas después despertó, solo estaba ella en la habitación. Escuchó, a través de la puerta la voz de uno de los hombres que la había conducido hasta allí, regañando a quien le había golpeado, diciéndole que ella era la más valiosa del grupo y que el «patrón» se iba a molestar mucho. Oscureció y Josefina se acostó de nuevo sobre la cama de la habitación hasta quedarse dormida.

# De Petrólea a una fastuosa casa

De madrugada entraron a la habitación los dos hombres haciendo mucho ruido para que Josefina despertara. El que la había golpeado le ordenó que se aseara y vistiera, entregándole un mono deportivo color azul, una franela blanca y unos zapatos de marca. Todo nuevo y de buena calidad. Finalmente, le hicieron ponerse unos lentes oscuros que venían en su estuche original.

Josefina, sus captores y un tercer hombre salieron en un lujoso vehículo todoterreno, con vidrios ahumados, de lo que parecía ser una hacienda ganadera, por una carretera de granzón sin curvas. Rodaron poco más de una hora, hasta que se detuvieron en un aeropuerto en medio de la nada, donde los esperaba una vieja avioneta Cessna. Aún estaba oscuro. Hicieron que Josefina abordara la avioneta que ya tenía el motor encendido. Luego lo hizo el tercer hombre. Los otros dos quedaron en la pista. Finalmente, partieron hacia ignoto destino, mientras podían ver las luces del automóvil alejándose por la carretera desde la altura.

ooo

En medio de la gran tragedia que vivía Petrólea, a pesar de las amargas circunstancias que marcaban la vida de Josefina, tanto ella como su hijo Gabriel habían corrido con suerte. Para el momento en que nació Gabriel, en el país gobernaba una escasez absoluta de alimentos. La desnutrición infantil estaba minando las bases futuras del progreso de la farsa revolucionaria de Petrólea. Estudios en las fronteras daban cuenta de una merma de las dimensiones antropométricas de los niños bajo el régimen socialista. Por ejemplo, los cálculos indicaban que la circunferencia encefálica promedio de los neonatos que cruzaban la frontera de Petrólea, era inferior a los estándares regionales para esa medida. Una tragedia que hundía a la población, de la que una vez fue la patria de Bolívar, en una fosa que para poder remontarla tendrían que transcurrir décadas de un sostenido esfuerzo de recuperación.

Volaron cerca de cinco horas y, ya de día, aterrizaron en un aeropuerto con pista asfaltada en el que se veían aviones y helicópteros militares estacionados en enormes hangares. La nave se acomodó a un lado de la pista, mientras una camioneta Van, también con vidrios ahumados, recogió a Josefina y al escolta.

Viajaron cerca de media hora por una carretera recién asfaltada, hasta dar con una entrada desde cuya garita salieron unos vigilantes armados que les abrieron un enorme portón de hierro. Posteriormente, continuaron rodando por quince minutos desde el portón, hasta llegar a una fastuosa casa, rodeada de bellos jardines y varios automóviles último modelo estacionados a la entrada.

# Diáspora inducida

Después de recoger el equipaje y hacer la entrada aduanal, un señor con un letrero en el que se leía el nombre «TOPP», los esperaba para llevarlos a la ciudad de Karlsruhe, a unos ciento cincuenta kilómetros del aeropuerto. El vehículo era una lujosa furgoneta Mercedes Benz con el logotipo de Siemens en los paneles laterales. Todo estaba cubierto de nieve, como es natural en ese país durante los días decembrinos. Por fortuna, debido a las instrucciones del señor Karl a su albacea, Gabriel obtuvo del señor Topp el abrigo necesario para llegar bien apertrechado al país que recién lo acogía. La sensación de orden reinaba por doquier. Todo parecía ser nuevo o recién instalado, el rayado de las calles trazado de forma impecable, los anuncios publicitarios, los semáforos, las alcantarillas, absolutamente todo parecía yacer donde debía. La furgoneta transitó por algunas calles de la enorme ciudad de Frankfurt, buscando la salida hacia la *autobahn,* las famosas autopistas alemanas sin límite de velocidad. Gabriel tuvo vértigo pues no estaba acostumbrado a las enormes velocidades terrestres que, en ese país, eran normales.

ooo

Recientemente, se habían colado en WikiLeaks, enormes cantidades de correos electrónicos de altos funcionarios del gobierno de presidente Nicanor Madeira, que revelaban las verdaderas directrices de las acciones políticas del gobierno de Petrólea. Del análisis del contenido de las misivas electrónicas, filtradas hacia la opinión pública internacional, podía desprenderse que el objetivo perseguido por las máximas autoridades gubernamentales petroleanas era el de redimensionar demográficamente a la nación, usando la diáspora como válvula de escape para lograr tal cometido.

Se trataba de utilizar a la industria extractiva, no solo la petrolera, sino también la aurífera, diamantífera y la del coltán, como correa de transmisión para subsidiar al resto de la población, en este caso, necesariamente, afecta al gobierno. Es decir, la exacerbada utilización de la renta para financiar la gobernabilidad política de la nación. Sin embargo, para que ello fuera posible, era necesario prescindir de más de un tercio la población, obligando a la disidencia a emigrar. La revelación de esta información había indignado a los gobiernos de los países que habían corrido con los gastos de recibir casi diez millones de emigrantes petroléanos, en las precarias condiciones que ello conllevaba, pues la mano de obra barata proveniente de Petrólea, estaba compitiendo con la originaria en cada país huésped, generando graves problemas de xenofobia que comprometían la integridad física de los pobres habitantes desplazados por el régimen socialista, que prefirieron los vejámenes de los crímenes de odio en tierra extranjera, a tener que aceptar el tope social que le era asignado de facto al empoderamiento social de cada habitante de Petrólea.

El elevado contenido de capital de la industria extractiva petroleana hacía que la alta productividad promedio de cada obrero que trabajaba en su seno, diera para mantener el plan de subsidios de cerca de quinientos habitantes que trabajaban fuera de ella. Esto había reestructurado socialmente a Petrólea en cuatro grupos sociales diferenciados: la burocracia política, el ejército, los obreros de la industria extractiva y el resto de la población. Sin embargo, esas condiciones fueron disminuyendo por la falta de inversión y debido a los subsidios sociales, conduciendo a la postre a la inevitable destrucción de la productividad de la propia industria.

ooo

Finalmente, Gabriel y el abogado llegaron en apenas hora y media a Karlsruhe y allí fueron conducidos a la sede de las oficinas de la Siemens, que estaban, para su conveniencia, muy cerca de las instalaciones de la famosa Universidad de Karlsruhe.

# ¿Qué propósito gobierna mis pasos?

Sus primeras horas en tierra teutona se tradujeron en atropellador caudal de información que, gracias a su poderosa inteligencia, Gabriel pudo procesar eficientemente, dotando a su efímera existencia —de humilde habitante de los páramos andinos de la república socialista de Petrólea— de un sentido de ubicación más allá de confines siderales. Al menos así se sentía Gabriel dentro de su pellejo de forastero, en las tierras de sus mentores alemanes.

La luz era totalmente diferente, era como si cubriera todos los objetos con una capa mate que le restaba vivacidad a los colores. Los olores eran a su vez opacados por los gases residuales de la combustión de la energía que movía a tan poderosa nación. Los sonidos se unían todos en un zumbido urbano que fagocitaba cualquier vestigio de la madre naturaleza circundante. Los árboles, desnudos por el invierno, parecían colocados como si se tratase de utilería de teatro, diagramada y preconcebida por sesudos ingenieros de paisaje. No se dejaba nada al azar y, al poco tiempo, Gabriel se sentía preso del éter implosivo del progreso.

Cada minuto que pasaba en su nueva latitud lo convencía, cada vez más, de que algún propósito supremo gobernaba cada paso que en lo sucesivo diera. Esta sensación de predestinación era el resultado obvio de reflexionar sobre las circunstancias que lo condujeron a ser bendecido con el aprendizaje que obtuvo al vivir con el señor Karl Sonntag y su esposa Liselotte. Enseñanzas aderezadas no solo de la sabiduría de un ser humano tan especial como el señor Sonntag, sino también de los conocimientos científicos que este atesoraba en su larga experiencia como científico intentando domar los secretos del plasma eléctrico que circunda toda materia en el planeta.

Entre los dos, Gabriel y su mentor, pasaron los últimos años que estuvieron juntos construyendo un algoritmo de cálculo de la oblongación de la magnetósfera, que permitía obtener coordenadas reales de ese virtuoso manto rector y protector de la vida terrestre. Si el algoritmo funcionaba, con la ayuda de la hiperveloz computación cuántica —solo factible en forma satelital con sofisticadas computadoras que orbitaban desde su reciente descubrimiento alrededor de la tierra— a la humanidad le sería posible *arrear*, en forma precisa, a las nubes, tal cual se tratara de ovejas que pastan en el cielo; la electricidad inalámbrica dejaría de ser el sueño prohibido de Nikola Tesla y el sonido podría ser propagado en forma similar a la telepatía. Esa era la verdadera herencia que el señor Sonntag le había dejado a Gabriel por lo que, antes de su muerte, había preparado todo para que fuera él quien, cautelosamente, difundiera el conocimiento que atesoraba y que en las manos equivocadas podría resultar un arma muy peligrosa para la humanidad.

ooo

El señor Topp, parado frente al escritorio de la recepcionista de la oficina del director de la Siemens de Karlsruhe, hablaba en voz casi imperceptible con ella, mientras que Gabriel, muy cansado por el cambio de horario, esperaba sentado en un sofá de cuero de diseño Bauhaus, mientras que la tenue música *new age*, que emanaba de unos altavoces ocultos detrás de la tabiquería de la oficina, poco a poco lo llevaban al trance…

# Tarde para el arrepentimiento

Josefina, con un profundo dolor en las costillas, residuo del golpe que le propinó durante la madrugada el corpulento guardia en el motel antes de abandonar Petrólea, esperaba sentada en la antesala de una oficina, dentro de la casa a la que fue conducida en algún lugar remoto ubicado en medio de las selvas colombianas cerca de la frontera con la República Socialista de Petrólea. Un aparato de aire acondicionado central la aislaba del infernal calor que había en el exterior de la finca. Recordaba con culpa a su pequeño hijo Gabriel, a quien había dejado abandonado al cuidado de los Sonntag. Por primera vez sintió tristeza por él y las lágrimas se asomaron a sus ojos cansados por la intempestiva travesía de fuga hacia lo remoto, hacia lo desconocido. Pensó que, aunque su hijo estaría en buenas manos, el vacío que dejaba en su alma el arrepentimiento de separarse de él la acompañaría para siempre desde esa mañana en adelante.

De pronto, la puerta de la oficina se abrió y una señora madura, morena, muy elegante, con un turbante muy vistoso que le cubría el cabello y adornada de costosas joyas, se le acercó y le dijo que se pusiera de pie. La vio de arriba abajo y le indicó que la siguiera a la oficina. Le mostró, con el índice de la mano derecha, una silla ubicada frente a un escritorio sobre el que había una computadora, mientras ella lo rodeaba para sentarse frente a él en una ergonómica silla giratoria. Moviendo el mouse con agilidad y tecleando de vez en cuando la señora comenzó a hablar:

—Estás aquí porque le dijiste al señor Roberto, cuando te lo preguntó, que querías este trabajo. Como puedes ver, tu respuesta afirmativa te cambió la vida para siempre. Aquí, con nosotros, tendrás cubiertas todas tus necesidades en un ambiente muy cómodo. Eres una mujer hermosa y procuraremos que… —De pronto Josefina la interrumpió y le dijo:

—Sí, pero nadie me dijo que me golpearían

—¿Quién te golpeó? –replicó la morena.

—El mono que me trajo hasta aquí –respondió Josefina.

La morena se puso de pie y desde la puerta gritó:

—¡José Manuel! —Y el guardia apareció de inmediato— La muchacha dice que tú la golpeaste.

—Es que estaban haciendo mucho ruido y había policías merodeando el motel y, para que se callaran, le di a la primera que agarré —respondió José Manuel.

—¡Coño, Cheo!, pero precisamente a ella tuviste que golpear. El Señor Roberto tiene planes especiales para esta muchacha. ¿No te lo dijo?

—Sí, pero por culpa de la premura y el miedo a que los soldados comenzaran a hacer preguntas, se me nubló la mente, señora Clementina —alegó el hombre.

—Ahora aguanta tu *chaparrón*. Cuando se entere el señor Roberto te va a formar tu *peo*. Vete de aquí, no te quiero ver más. Llámame a Adalberto..., muchacho bruto... y dile que espere aquí en la puerta.

La morena volvió a sentarse en su escritorio y prosiguió dirigiéndose con una amable sonrisa a Josefina:

—Ten por seguro que nadie te volverá a poner una mano encima. El señor Roberto seguro hará escarmentar a José Manuel. Bueno, continuemos con lo nuestro, como te iba diciendo, aquí estarás muy cómoda. Tu llegada aquí, implica que estarás a nuestras órdenes, al menos por tres años al final de los cuales se te preguntará si quieres seguir aquí con nosotros. Si no es el caso, se te entregará la suma de quince mil dólares, un pasaporte y un pasaje aéreo para donde quieras ir. Además, te podrás llevar toda la ropa y todas las joyas que se te entreguen desde hoy hasta que te vayas. Tendrás que mantenerte bella y en forma para nuestros clientes que son muy especiales.

—¿Qué clase de clientes? — interrumpió Josefina.

—¿Todavía no adivinas? Aquí formarás parte del más exquisito grupo de damas de compañía de Colombia.

Josefina miró hacia el suelo intentando esconder su rubor y sorpresa, pero pensó que era ridículo mostrarse herida en su honor después de haberse dejado preñar por una mísera beca otorgada por el gobierno del dictador Nicanor Madeira a las madres pobres de Petrólea. De allí a prostituta, para ella no había casi diferencia.

La señora Clementina tomó aire y prosiguió:

—Aquí tendrás que compartir una habitación con otra chica. Cada una tendrá su armario que podrán cerrar con llave. Es responsabilidad de ustedes estar pendientes de sus pertenencias que, por lo pronto, son de la casa. Así que te recomiendo estar alerta. Ahora, unas palabras más acerca de los clientes. Al aterrizar debiste haber notado que lo hicieron en una base militar. Pues esa base militar es norteamericana y están aquí desde hace ya varios años. Es territorio de extranjeros en Colombia y rigen las leyes de esa gente. Tu trabajo, y el de todas las que están aquí, es el de hacer pasar un rato de relajamiento a los oficiales de alto rango que están en la base. Es muy importante que todo lo que veas y oigas en la base militar se quede allí. Una vez que aceptes tu destino, aquí con nosotros, no podrás abandonar la finca, salvo acompañada de nuestros escoltas a las actividades que se te programen en la base o en lugares de los cuales, por lo general, jamás tendrás conocimiento de su ubicación.

»Saliendo de aquí, Adalberto te llevará con el ama de llaves que te conducirá a tu habitación y te presentará tu compañera de cuarto. De antemano te informo que tienes que considerarte muy dichosa de estar aquí con nosotras. Si en algo te tranquiliza, yo llegué aquí hace unos años, tal cual como, exactamente, lo estás haciendo hoy tú.

# En la base militar

Josefina salió de allí asintiendo con la cabeza a la señal de despedida de quien supuso era la «madama» regente del sitio. Afuera estaba Adalberto, otro de los guardaespaldas del lugar, de apariencia más amable que la de José Manuel, quien la esperaba para conducirla en presencia de Cindy, el ama de llaves de la finca.

Caminaron por un corredor externo que bordeaba una alberca con forma oval, situada en el patio central de la gran quinta. A la orilla de la alberca se asoleaban cuatro jóvenes y voluptuosas mujeres, que la miraban por encima de los lentes de sol. Al final del pasillo, una doble puerta batiente daba entrada a un área de servicios de dos plantas con enormes ventanales que dejaban ver una cocina industrial, en cuyo interior un pequeño grupo de personas, con gorros blancos y sentados en una mesa, tomaban café, al tiempo que, con curiosidad, la miraban llegar por el pasillo. Al entrar a la edificación se toparon a la izquierda con otra puerta batiente que daba entrada a la cocina, mientras al frente un corredor se extendía hasta un gran comedor. A mano derecha subían unas escaleras que llevaban al nivel superior. Adalberto tocó la puerta y desde adentro una voz femenina gritó: «¡Adelante!».

—Josefina, ¿cierto?

—Sí.

—Te estaba esperando. Las otras chicas que venían contigo llegaron más temprano y me contaron que José Manuel te pegó. Ese carajo no sabe en el *peo* que se metió con el señor Roberto.

—Me dio por las costillas y caí desmayada al suelo. Al despertar estaba sola, acostada en la habitación del lugar donde pasamos la noche —agregó Josefina.

—Bueno, yo me llamo Cindy y mi trabajo es el de velar porque a las chicas no les falte nada. Aquí somos como una gran familia. Desde ahora en adelante tendrás un nuevo nombre, como las artistas famosas. Aquí te llamaremos «Clío». Es el nombre que quedó vacante de la última chica que nos abandonó. El señor Roberto les asigna nombres a las diez chicas más bellas del «club», que es como nosotros llamamos a este negocio. En realidad hay treinta chicas, pero, entre ellas, se seleccionan a las diez más bellas que, por lo general, ya vienen destinadas a ocupar un lugar en ese selecto grupo desde que el señor Roberto les pone el ojo cuando las descubre.

Josefina escuchaba con atención y le gustaba lo de pertenecer a un grupo selecto, especial. Era como un certamen secreto.

—Aquí tienes este dije de oro con tu nuevo nombre para que siempre lo lleves colgado al cuello. No lo puedes perder —prosiguió Cindy—. Vamos ahora a tu habitación para que conozcas a Melpómene, tu nueva compañera, y que sea ella quien te termine de explicar las reglas del lugar.

Salieron de la oficina y subieron por las escaleras hasta llegar a un pasillo con cinco puertas. Caminaron hasta el final y encontraron la última puerta abierta. Al interior, Melpómene con una amplia sonrisa, le daba la bienvenida a Josefina, alias Clío.

—Hola. Esa es tu cama y ese tu armario. La señora Cindy te dará la llave para que guardes tus cosas —dijo Melpómene mientras Cindy le entregaba una llave.

La habitación, como todas las habitaciones de esa ala de la casa, contaba con aire acondicionado, un amplio baño, buen mobiliario y cortinas de un color asalmonado. También tenía un televisor instalado con una base pegada a la pared que daba al frente de las dos camas.

—Bueno, *Melpo*, explícale las cosas. Yo me voy a terminar con el inventario de la cocina para ver si mando a los muchachos a que compren lo que falta.

Cuando Cindy abandonó la habitación, Melpómene cerró la puerta tras ella diciendo:

—Bueno, querida, aquí estás. El señor Roberto va a hacer que te den todo lo que necesites para que te veas como una reina. Tu primera salida será cuando lleguen los resultados del examen médico que la doctora Mercedes te va a hacer hoy mismo. Nosotras, es decir las diez que tenemos el dije de oro, solo trabajamos para los oficiales de la base norteamericana. Casi todos hablan español y en general son muy gentiles, aunque de vez en cuando se ponen belicosos, sobre todo cuando se emborrachan. Ahora vamos al consultorio de la doctora para que te hagan el examen médico.

Al cabo de una semana Clío iba por primera vez, junto con las otras diez, rumbo a la base americana en una camioneta Van, gris oscuro. Al llegar al portón dos soldados salieron de una garita, y mientras uno hacia bajar a todos del vehículo el otro lo revisaba a fondo en busca de explosivos, acompañado de un perro amaestrado. Detrás del portón otros dos soldados observaban el procedimiento con paranoica atención.

Una vez culminada la revisión, abrieron el portón y la camioneta condujo sobre una larga y recta carretera de granzón por espacio de diez minutos. A un lado de la carretera podían ver, a lo lejos, un grupo de soldados instalando unas antenas, como de cinco metros de altura, en un terraplén del tamaño de tres campos de fútbol. Cada antena se separaba de la otra dejando un espacio de dos metros, en una retícula uniforme que se extendía a lo largo de todo el terreno. Al lado de la carretera había letreros que señalizaban la dirección de las instalaciones de la base militar. De pronto, señalando hacia las antenas, un letrero indicaba que aquello era la «US-NAVY H.A.A.R.P. FACILITIES».

# Las musas de don Roberto

Ya Josefina se estaba habituando a su trabajo. El único inconveniente era que, a pesar de vivir con todas las comodidades de una diva de excelsa categoría, las llamadas por celular estaban terminantemente prohibidas. Estaba totalmente aislada del mundo exterior. Más aún, había momentos en los que algo extraño sucedía, cuando las telecomunicaciones, en general, eran imposibles. En esos momentos, hasta la señal satelital de televisión se anulaba y, por lo general, coincidía con la hora de emisión de una telenovela muy popular para el momento, haciendo que sus compañeras, con mayor tiempo en el club, exclamaran iracundas «¡Coooño ya prendieron el aparato!».

—¿Cuál aparato? —preguntó una vez Josefina a Melpómene.

—Esa vaina que se ve cuando llegamos a la base militar, me refiero a esas misteriosas antenas. Una vez, antes de que llegaras tú, las encendieron estando nosotras allá y vimos cómo salían rayos de todas las antenas hacia las otras. Era de noche y se iluminó todo el campo de antenas con chispazos como si fuera de día. El señor Roberto le contó a Terpsícore que se trataba de un arma misteriosa, que nadie sabe cómo es que trabaja. Parece que la clave está en las iniciales que se ven en la señalización de la base. Tú sabes ese letrero grandísimo que tiene las letras *HAARP*, ve tú a saber qué significan esas siglas.

Terpsícore era el alias que el señor Roberto le había dado a otra de las diez selectas chicas del grupo de damas de compañía del club. Nombres que también, en algún momento, llamaron la atención de Josefina.

—¿Y esos nombres tan raros que nos ponen aquí? —inquirió a Melpo, en otra oportunidad mientras se pintaban las uñas.

—Una vez le pregunté yo misma al señor Roberto, un día que estaba de buenas. Se explayó con el cuento de que esos eran los nombres de las musas griegas: Calíope, Clío, Erato, Euterpe, Melpómene, Terpsícore, Talía, Urania y Artemisa. Es decir, los nombres de cada una de nosotras.

—¿Musas?, ¿y qué son las musas? —replicó Josefina.

—Según don Roberto, eran las hijas que tuvo un dios griego llamado Zeus, con una diosa llamada Mnemósine. Allí, en la mesita de noche, hay un libro que me prestó el señor Roberto para que leyera sobre el tema de la mitología griega y así dejara de preguntarle tanta vaina. Es interesante la leyenda o más bien mito, como diría el señor Roberto, según el cual cada musa tenía un particular don sobre los hombres. En tu caso, el nombre de Clío era el de la musa de la historia, que tenía como característica inspirar visión clara a los hombres que tenían curiosidad por comprender las leyes de la historia, con el fin de anticipar racionalmente los eventos futuros de la humanidad. Por lo que respecta a mi alias, Melpómene, era el nombre de la musa de la música y del teatro y que, supuestamente, iluminaba la mente de los poetas que escribían y adornaban con música «La Tragedia», que eran representaciones teatrales de historias de los héroes de la civilización griega. Otra que me acuerdo es Terpsícore, que era la musa de la danza, madre de las sirenas.

Esa noche Josefina tomó el libro que en su portada llevaba el título de: «MITOLOGÍA GRIEGA» y se puso a leer sobre las musas, averiguando que Calíope era la musa de la voz cantante; Erato, la musa del amor; Euterpe, la musa de la música; Polimnia, la musa de la lírica; Talía, la musa de la comedia; Urania, la musa de la astronomía y, finalmente, Artemisa, la musa de la guerra.

# Herencias

Sumido en el letargo, empotrado en el sofá de la sala de espera en la oficina de la Siemens, trataba de recordar la confusa imagen de su madre Josefina. Solo contaba con una vieja foto en su billetera, en la que ella aparecía cargándolo cuando apenas tenía unos meses de nacido. La fotografía había sido tomada por la señora Liselotte, mientras Josefina lo cargaba en brazos, poco antes de que lo abandonara al cuidado de los Sonntag.

Al pensar en su billetera recordó también que en su interior llevaba, en un compartimiento secreto, un preservativo que conservaba desde el momento en que el señor Sonntag se lo entregó el día que cumplió los quince años, acompañado de un sermón acerca de las responsabilidades sexuales y sociales del género masculino para con el femenino.

Extrañaba las largas conversaciones con el señor Karl. Gracias a él Gabriel había comprendido la importancia de la perspectiva holística de las cosas al momento de intentar hacerse una idea clara y objetiva del mundo. «Para comprender el mundo —le decía el señor Karl— debes despojarte de la visión ombliguista y cortoplacista que tienen la mayoría de los seres humanos».

Siempre hablaban largas horas a orillas del rio, mientras esperaban que alguna trucha picara el anzuelo. Las disertaciones de su mentor acerca del calentamiento global y del nuevo orden mundial eran vertiginosas y, a alguien frágil de mente, podrían sumir con facilidad en el nihilismo más angustiante. Pero la idea del señor Karl no era la de frustrar a Gabriel, todo lo contrario, solo perseguía adiestrarlo en las artes de proceder con perseverancia para lograr una perspectiva de entendimiento, de la cual podía deducirse la solución sencilla a los problemas complejos. Por ejemplo, era un lugar común y trillado que el calentamiento global estaba convirtiendo el mundo en un territorio muy peligroso. Por otra parte, aún a sabiendas de que los problemas se originaron al afianzar el desarrollo del hombre sobre el uso de los combustibles fósiles, a la gran mayoría parecía no importarle. Cada quien, desentendido del resto, metido en su pequeño y cotidiano mundo que aparentaba no variar, mientras había una ley que nos ataba a todos al vaivén de un péndulo universal que nos conducía hacia una gran catástrofe malthusiana.

El planeta había comenzado a mostrar signos alarmantes de que la tasa de crecimiento de la población mundial estaba próxima a tornarse negativa. Es decir, pronto sería mayor el número de nuevas defunciones con respecto a los nuevos nacimientos, lo que significaba que el número de bocas que alimentar declinaba. Sin embargo, el problema no era la producción de alimentos para todos, pues la tecnología y la genética podían solventar los déficits de las cantidades producidas con respecto al tamaño de la población, sino, más bien, el de los efectos sobre el equilibrio del ecosistema planetario, consecuencia de la forma en que eran elaborados, mientras que se privilegiaba a los países más desarrollados la producción y acceso a aquellos alimentos de mayor riqueza proteica.

Desde el punto de vista de los centros de poder mundial, gobernados por personas tan opulentamente adineradas que nadie podía dar cuenta de sus identidades, la solución al problema del desequilibrio sistémico del planeta era dejar que la humanidad entrara en un proceso de implosión autoinducida por sus malos hábitos de consumo energético. La humanidad se había convertido en un cáncer para el planeta y, según los sofisticados estudios de los más secretos centros investigación financiados por las personas más ominosas y ricas, la recuperación del control económico tenía que sobrevenir de una reducción drástica de la población del mundo.

Desde esta perspectiva, para Gabriel, el problema político de Petrólea residía fundamentalmente en que sus dirigentes apuntalaban su régimen político sobre el supuesto de la perpetuidad de un mundo consumidor de hidrocarburos. En este contexto, el régimen hacia sus cálculos cortoplacistas y demagógicos de su éxito, basado en la destrucción paulatina de la humanidad. Ya el mar Caribe se había convertido en un lugar muy peligroso para la vida insular y costera. La intensidad de la actividad de los tornados y tormentas marítimas, consecuencia del derretimiento de los glaciares polares, estaban hundiendo literalmente a las islas del Caribe, y entre ellas, la isla de Cuba, obligándola a pensar en la búsqueda de nuevos derroteros para garantizar la preservación de su gentilicio. Para ellos, Petrólea era el destino más factible de una diáspora colonizadora desde Cuba. De modo que, a lo largo de su alianza estratégica con ese país, la cúpula política de Cuba fue penetrando, subrepticiamente, las esferas de decisión de su huésped, a cambio de coadyuvar en la prolongación de su subsistencia como régimen político en Latinoamérica.

La existencia de cada vez mayores cantidades de agua líquida en los océanos y mares, ya había hecho desaparecer grandes extensiones de tierra continental bajo los nuevos niveles marítimos. De esta forma, en el año 2021, cuando Gabriel esperaba sentado en aquel sofá Bauhaus, sus conocimientos, tal como se lo había advertido el señor Karl Sonntag, eran de gran importancia para el control del clima planetario.

De pronto, la recepcionista lo estaba llamando, señalándole una puerta de vidrio esmerilado a la vez que le decía:

—*Herr Cantarrana, bitte gehen Sie hinein!*

# Arma climática

A diez años de haber llegado a la finca, la vida transcurría apacible dentro de la habitual monotonía de las instalaciones que albergaban a las voluptuosas musas de don Roberto.

Clío amaneció pendiente de que ese día se celebraba el décimo cumpleaños de Gabriel. Fue al comedor en busca del periódico que diariamente traían a la hacienda desde el pueblo de La Consolación, en tierras del norte de Santander, para constatarlo, y en el camino hacia la cocina recordaba a su cliente de la noche anterior, un meteorólogo teniente de la Armada norteamericana llamado Jim Luce. El teniente hablaba bien español y le dio muy buen trato, lo que hizo la velada bastante agradable. Eran muchos los signos de que el hombre se sentía atraído por ella. Al despedirse, le reveló al oído que iba a llover mucho en Venezuela. Al llegar a la cocina tomó *El Espectador* que estaba sobre la mesa y vio las enormes letras: «MADEIRA PREOCUPADO POR LAS INUNDACIONES QUE DEJAN LAS LLUVIAS». Más arriba, en letras pequeñas, pudo leer «viernes, cuatro de septiembre de 2012» que, en efecto, era el día del cumpleaños de Gabriel. Ya Josefina, la adolescente que una vez llegó a la hacienda, tenía ahora veintisiete años.

Más abajo, también en la primera página, podía leerse: «El presidente Madeira se mostró muy nervioso en su alocución emitida durante la inauguración de Nueva Habana, la nueva ciudad cubana en tierra de la Republica Socialista de Petrólea, derivada de un acuerdo de cooperación con Cuba».

Cuando se disponía a leer los detalles de la sorpresiva noticia escuchó el estridente despegue de cuatro aviones estratosféricos de la base militar, lo cual, por la experiencia cotidiana, indicaba que en pocos minutos encenderían nuevamente el misterioso «aparato» que, como era costumbre, vendría acompañado de un bajón momentáneo en la intensidad de la energía eléctrica.

En el tiempo que Clío tenía viviendo en la hacienda ya se había enterado, con detalles, que la actividad de la base militar norteamericana estaba relacionada con la utilización de un arma climática que venía operando en territorio colombiano para redirigir los flujos de vapor atmosférico a voluntad, con la finalidad de producir lluvias en determinados sitios elegidos con premeditación. Esto lo escondían, en forma eufemística, con las siglas de HAARP: *High Frequency Active Auroral Research Program* a la entrada del enorme campo cubierto de numerosísimas antenas verticales apuntando hacia el cielo.

Clío se preguntaba cuál era la intención de hacer llover más sobre Petrólea.

# En casa de los Sonntag

Al entrar junto con su albacea, el abogado Topp, a la espaciosa oficina, recibieron el saludo efusivo y en español de un enorme y adiposo hombre, bastante mayor, de cara rosada y gruesas manos, vestido con elegancia de paltó y corbata oscuros, quien al extenderle la mano, con un acento tosco le decía:

—Señor Cantarrana. Soy Max Schäffer. ¡Qué alegría tenerlo en Alemania! Es una lástima que se nos fuera el queridísimo Karl. Él se hubiera alegrado mucho de verlo aquí, pero no quiso cargarlo a usted con la pena de verlo partir.

—Sí, fue de una gran tristeza para mí enterarme, en Venezuela, de su muerte. Él era un padre para mí.

—Hay muchas cosas de las que tenemos que hablar usted y yo, pero me imagino que debe estar muy cansado por el viaje y el cambio de horario. Por lo pronto quiero entregarle las llaves de la casa de los Sonntag, que está totalmente a su disposición, pues le fue heredada a usted en su totalidad. Allí estará muy cómodo. Quisiera que pudiéramos vernos el próximo lunes para charlar algunas cosas que son de interés mutuo y que de seguro le interesarán mucho. El señor Topp lo llevará hasta allá y le explicará los detalles. —Extendiendo la mano sobre el intercomunicador, el amable señor Schäffer giró instrucciones en alemán a su secretaria y se dirigió hasta la puerta de vidrio esmerilado para despedirlo dándole un vigoroso apretón con su enorme mano—. Hasta el lunes, señor Cantarrana.

Al salir del edificio lo esperaba el conductor que lo había traído a la Siemens, a quien el señor Topp saludó como Helmut y que ahora se disponía a llevarlos en la furgoneta a su nueva casa en el «Oststat», cerca del Instituto Tecnológico de Karlsruhe.

Hacía mucho frío en la casa y el señor Topp bajó al sótano y encendió la calefacción. Le enseño la amplia vivienda y lo condujo a lo que podría ser su habitación, de acuerdo con lo que él recomendaba. Gabriel estaba muy cansado y un poco fastidiado de la compañía del acartonado señor Topp. Esperaba que en cualquier momento se despidiera y lo dejara. Solo lo hizo después de mostrarle que en el refrigerador había algunos alimentos qué, según entendió Gabriel, él mismo los había comprado para que tuviera algo que comer.

Finalmente, solo, en aquella enorme vivienda, se quitó los zapatos y caminó descalzo por toda la casa. Fue hasta la cocina, tomó dos rebanadas de pan que intercaló con rodajas de queso gouda que había en la nevera. Buscó un vaso de vidrio y lo llenó con leche. La calefacción ya comenzaba a hacerse sentir. Fue hasta la sala de la casa y encendió el televisor. Lo puso en el canal de la televisión española, comió su sándwich y se quedó dormido en un acolchado sofá. El vaso quedó a la mitad de leche.

# El tiempo es un juego de sombras

A la mañana siguiente despertó como si hubiese dormido una eternidad. Alguien había apagado el televisor de la sala mientras él dormía. Quien lo hizo fue muy silencioso, como para pasar totalmente inadvertido por Gabriel. Llevaba durmiendo, al menos, dos noches, pues quien apagó el televisor tuvo que haberlo hecho de día, el día anterior, y él recordaba haberse quedado dormido mientras veía la televisión de noche. Todo eso lo confundía. Volvió a encender el televisor en el canal de la televisora española y pudo constatar que era… «¡Coño!...¡lunes!, el día de la reunión en la Siemens». Sin embargo, no recordó que hubiesen fijado una hora específica para la reunión. Eran apenas las ocho y doce minutos de la mañana, según un reloj que lo acechaba desde una pared lateral de la sala, cuando repentinamente sonó el timbre apagado y discreto de un teléfono inalámbrico, montado sobre su cargador, dispuesto sobre la mesa que tenía frente al sofá donde había dormido, profusamente, durante tanto tiempo. Tomó el teléfono y una voz femenina, a la que escuchó pronunciar su nombre, lo dejó en espera con el tema «The enterteiner» de Scott Joplin, de fondo. Al cabo de pocos segundos se escuchaba en el auricular:

—Buenos días, señor Cantarrana. Soy Max Schäffer.

—Buenos días, señor Schäffer. ¿Cómo está usted?

—Yo, bien, ¿descansó usted suficiente?

—Sí, así parece, en realidad no sé cuánto tiempo dormí. Desperté esta mañana totalmente desubicado —dijo Gabriel titubeante.

—Pues sí, ¡jajaja!, el señor Ralf fue ayer a ver si usted necesitaba algo y me cuenta que usted dormía como un oso y que ni siquiera advirtió que él había llegado… Bueno yo lo llamaba para preguntarle si le parecería bien que nos reuniéramos a las dos de la tarde en mi oficina.

—Sí, claro, a esa hora está bien, el problema es que no sé cómo llegar hasta allá –respondió Gabriel.

De inmediato el señor Max le replicó:

—No se preocupe que a la una y media lo recogerá el señor Helmut Löffler, el mismo que lo llevo a su casa hace un par de días… ¿le parece bien?

—Sí, perfecto, aquí lo estaré esperando…

Se despidieron y puso el teléfono de nuevo en el cargador. Arregló los cojines del sofá y trató de poner todo en orden en la sala. La calefacción le sofocaba y fue a abrir la ventana. Se encontró con un sofisticado mecanismo; al descifrarlo entendió que le permitía abrirla en dos sentidos. Con la manivela en horizontal, la ventana abría girando sobre un eje horizontal en su base y, con la manivela totalmente hacia abajo, podía abrirse batiéndose sobre un eje vertical. Opto por la primera opción, después de jugar con el mecanismo de la ventana por unos minutos. Pensó en los costos de tener una calefacción rescaldando toda la casa hasta el punto de hacerlo sudar. Tenía la garganta seca de modo que se dirigió a la cocina a tomar agua y desayunar. Le sorprendió que no hubiera una jarra de agua en la nevera, pero tenía tanta sed que tomó el vaso que aún estaba en la sala a medio llenar de leche, lo vació en el fregadero de la cocina, lo enjuagó con agua del chorro, llenó el vaso con agua del mismo grifo y bebió. Percibió un sabor extraño y no pudo beberla toda. Se preparó de nuevo un sándwich con queso y fiambres que había guardados, con cuidado y herméticamente, en envases de plástico. Desayunó, se duchó y vistió con ropa limpia, la segunda y última muda de ropa que, por instrucciones del señor Topp, Gabriel empacó para su viaje desde el Mucuchíes.

A la hora acordada, con asombrosa precisión, la furgoneta de la Siemens se estacionaba frente a la puerta de la casa. El señor Topp se bajó del vehículo y mientras caminaba hacia la entrada Gabriel le salía al encuentro desde adentro. Se saludaron cuando ambos se subían a la furgoneta.

Una vez en la recepción de la oficina del señor Max Schäffer, la empleada, de inmediato, los hizo pasar. En esta ocasión entró él solo. En el interior de la oficina estaba el señor Max acompañado de un señor vestido de árabe, cargado de joyas de oro en las muñecas y colgadas al cuello, que estaba sentado a un lado del escritorio del anfitrión y quien lo miraba por encima de unos anteojos para leer mientras revisaba unos papeles que tenía en la mano.

# Jim Luce, un cliente especial

Clío y el teniente Jim Luce se veían en la base militar todas las semanas. El teniente Luce se había convertido en el cliente exclusivo de Josefina y eso se mantuvo invariable durante un par de años hasta que Clementina, la madama del club, decidió jubilarse recomendando a Clío como su substituta. El señor Roberto aceptó la sugerencia de Clementina y le pidió el dije de oro a Josefina, para entregárselo a su futura Clío en el grupo de musas que iban a trabajar a la base militar.

Según contó Clementina, su liquidación superó los doscientos mil dólares después de acumular la remuneración anual de su trabajo para el club, al cual llegó un día, veinte años atrás, para portar el dije de «Euterpe», la musa de la música. El señor Roberto era un empresario muy honrado y hacía que a cada una de sus chicas se le pagara lo que quedaba establecido en el convenio entre la madama y la nueva diva desde el primer día en el club.

Cuando apareció la nueva Clío en la base militar, el teniente Jim Luce quedó muy consternado. Ninguna de las muchachas podía revelar nada de los asuntos internos del club de modo que, al no obtener información de nadie, comenzó a preocuparse por el destino de Clío, de quien ni siquiera tenía conocimiento de su verdadero nombre. Por su parte, Josefina también sentía algo muy especial por el teniente Jim Luce y lamentaba haberse perdido de la base sin avisarle, respetando las sagradas leyes de anonimato del club. El teniente Luce estaba muy enamorado de Clío y hasta había pensado en pedir su mano al señor Roberto.

De Jim, Josefina supo muchas cosas sobre de la actividad de la base militar durante sus largos encuentros de amor.

Por ejemplo, que en Venezuela, en el estado Cojedes, había una ciudadela llamada «Nueva Habana» a la que, supuestamente, habían llegado desde Cuba casi un millón de inmigrantes. Esto resultaba a todas luces paradójico en momentos en que un enorme flujo de habitantes de Petrólea trataba de emigrar, por todos los medios, hacia otros países de la región, pues la dictadura de Madeira los empobrecía cada vez más. El teniente también le había mostrado fotos satelitales de Nueva Habana, en las que se podía ver ondear la bandera de Cuba, así como la realización de ejercicios militares matutinos de lo que, sin duda, era un ejército invasor.

Jim sabía que Melpómene era la mejor amiga de Clío. Un día, después de un par de semanas sin saber de ella, la buscó apenas se bajó del vehículo que la llevaba a la base militar y requirió de inmediato sus servicios, como pretexto para interrogarla sobre el paradero de Clío. Una vez en la habitación de la barraca preguntó directamente por Clío, y ante la negativa de Melpo de soltar prenda alguna se fue molesto arrojándole sobre la cama una carta sellada en un sobre en cuyo destinatario se leía: «Para Clío».

# «Bioplast Behrenz Inc. FDAO»

Ahora, en su nuevo cargo en el club, Josefina estaba obligada a llevar un elegante turbante, como el que en su oportunidad llevaba Clementina, la antigua madama. El señor Roberto era muy estricto con esos ritos costumbristas y había que obedecerlos religiosamente. La madama también llevaba un dije como el que portaban las divas, pero un poco más grande y en el que podía leerse «Mnemósine». Según recordaba Josefina, cuando leyó sobre mitología griega en aquel resumido compendio que le prestó Melpo y que a su vez había obtenido del mismísimo señor Roberto, Mnemósine era como los griegos llamaban a la diosa de la memoria que parió de Zeus a todas las musas.

Sentada en su oficina, programando las próximas salidas de las muchachas a la base, de acuerdo a las citas que los soldados hacían en una subasta en la que el mejor postor tenía la dicha de compartir un par de horas con la diva de su preferencia, Josefina o *Mnemo*, que era como la llamaban las otras, veía por la ventana que Melpo caminaba por el pasillo hacia su oficina. Al cabo de unos segundos, tocó la puerta y abrió.

—¡Hola Mnemo! Anoche estuve con Jim.

—¡Melpo! Pobrecito, no tuve tiempo de explicarle nada. Lo de Clementina fue tan sorpresivo que me quedé con ganas de hablar con él. El hombre me estaba proponiendo villas y castillos. Yo me emocioné y comencé a soñar con salir de aquí con marido, pero como que el chisme le llegó al señor Roberto, me puso aquí antes de que me perdiera con el teniente.

—Precisamente, anoche estuvimos en la habitación y solo estuvo preguntándome cosas de ti. Por supuesto que no solté prenda y llegó un momento en el que se enfadó y salió como un cohete tirándome esta carta sobre la cama. Ni siquiera se quitó la ropa. Aquí te la dejo para que la leas a solas y con calma.

Josefina tomó el sobre, saco la carta y se puso a leerla:

*Querida Clío:*

*Tengo ya varias semanas sin saber de ti. No te mentía cuando te confiaba que estaba totalmente enamorado y que no sabría que hacer el día que dejara de verte. Ese fatídico momento finalmente llegó y, ahora, un enorme vació me agobia y desespera. He perdido el sueño y el apetito, lo que me ha hecho perder también algunos quilos desde que no he sabido nada de ti. Sin embargo, no pierdo la esperanza de que consideres seriamente la promesa que te hice aquella noche en la que me pareció verte dispuesta a aceptarme seriamente como tu compañero en la vida. Yo sé que tus compromisos te atan fuertemente al club y que debo tener paciencia para que tu eventual retiro del mismo no genere ningún tipo de problemas para ti. También sé que has trabajado durante años para esa gente y que no quisieras perder lo que ellos te prometieron pagar por tus leales servicios. Eso puedo entenderlo y no quiero que pienses que venirte conmigo a los Estados Unidos significaría para ti perder todo aquello por lo que has luchado durante todos estos años. Así que te pido nuevamente consideres mi propuesta que, te aseguro, va muy en serio. Estoy dispuesto a esperarte bajo las condiciones que tu necesites imponer para que acudir a mi llamado no signifique ningún tipo de pérdida en tu vida. Por favor, respóndeme estas letras a través de Melpo. También te pongo mi apartado postal para que, si prefieres hacerlo por esa vía, me escribas respondiéndome a mi propuesta. Recibe mis besos de enamorado*

*Tuyo por siempre, Jim Luce*

*P.O. Box 1543 US-FDAO POST OFFICE SAN DIEGO CA. USA»*

Al terminar de leer la carta, Melpo pudo notar que Josefina se secaba las lágrimas al guardarla de nuevo en el sobre.

—Después hablamos de esto, querida. Acompáñame al pueblo para comprar algunas cosas con los muchachos.

Viajando al pueblo en la VAN, se toparon con dos gandolas que transportaban unos enormes contenedores que iban en sentido contrario, en dirección a la base norteamericana y que llevaban las siglas de «Bioplast Behrenz Inc. FDAO» en el exterior.

—¿Y ese cargamento? —preguntó Melpo en voz alta, pues jamás habían llegado a la base contenedores de esa envergadura por vía terrestre.

# Algoritmos para la lluvia

l traspasar el marco de la puerta de vidrio esmerilado de la oficina del señor Max Schäffer, Gabriel pudo ver que a ambos lados estaban apostados dos hombres, también con indumentaria árabe, como en actitud vigilante.

—Buenas tardes, señor Cantarrana, llegó usted muy puntual. Tome asiento por favor.

Mientras Gabriel se sentaba en una poltrona de cuero justo al frente del escritorio del señor Max Schäffer, a su lado, el otro invitado lo miraba mientras le sonreía amablemente. Gabriel, que era bueno interpretando los gestos de las personas, intuyó que aquella sonrisa era espontánea y genuina y que detrás de ella había una persona sincera.

—Le presento al señor Abdel Rashid. —Al momento en que este último le extendía la mano—. Durante los últimos días del señor Karl Sonntag, mientras convalecía en el hospital, el señor Rashid pasó mucho tiempo con él. El señor Rashid es un familiar muy cercano de un importante emir de los Emiratos Árabes. Él está aquí por el llamado del señor Sonntag de convenir con usted los términos de referencia para el uso de la patente que dejó registrada a su nombre, señor Cantarrana.

De inmediato, Gabriel recordó aquella conversación en la que el señor Karl Sonntag le hablaba del tema justo después de que, entre los dos, habían terminado de desarrollar el algoritmo de cálculo de la superficie de oblongación de la ionosfera. A aquel desarrollo matemático pertenecían también los planos de un sistema satelital, constituido por un computador cuántico albergado en un satélite *ad hoc*, que recibía señales de otros cuatro satélites que transmitían desde posiciones precisas en el entorno del satélite central que albergaba el computador cuántico.

El sistema satelital estaba diseñado para recibir y procesar, en tiempo infinitesimal, enormes y complicados cálculos basados en datos suministrados por los otros cuatro satélites transmisores, con la finalidad de asignar coordenadas precisas de la posición y densidad de la fracción de la ionosfera, dentro del volumen contenido al interior de las coordenadas de los cinco satélites, configurando la figura tridimensional de una pirámide invertida con el pico señalando perpendicularmente hacia la Tierra.

La utilidad práctica de aquel sistema residía en que, sabiendo con certidumbre la ubicación de cada punto de la ionosfera ubicado dentro del lugar geométrico contenido entre los satélites, desde tierra un sistema independiente podría aprovechar dichas coordenadas con fines múltiples que iban desde la producción de terremotos sobre lugares precisos de la corteza terrestre, hasta la conducción del vapor de agua atmosférico sobre zonas geográficas determinadas previamente, pasando por la generación de espacios electromagnéticos sobre la tierra, en los que podían transmitirse, vía microondas, sonidos producidos por estaciones de radio cuyo destino perceptor era la mente de los humanos ubicados dentro del área de influencia de la red de microondas.

Se sorprendió que el señor Sonntag realmente hubiese puesto a su nombre la patente, y ahora recién comenzaba a entender para qué estaba en aquella oficina.

—El señor Rashid —prosiguió el señor Schäffer— llegó al acuerdo con el señor Sonntag de dar uso pacífico del sistema, consistente en hacer llover copiosa y controladamente sobre los extensos territorios desérticos de los Emiratos Árabes Unidos, con el fin de producir las condiciones favorables para hacer fértiles las mencionadas tierras. -El señor Rashid sonreía en todo momento mientras Max hablaba—. Estamos aquí, señor Cantarrana, para informarle que ya han sido lanzados los cuatros satélites transmisores y que en dos meses se lanzará finalmente el satélite portador de la computadora cuántica. Por lo tanto, señor Cantarrana, se requerirá de sus conocimientos para que al lado de un grupo de ingenieros de la computación desarrollen el programa que aplique el cálculo del algoritmo cuya patente fue registrada bajo su nombre, tanto en el sistema de patentes alemán, como en el norteamericano. Los términos de referencia de su participación están contenidos en este contrato que el señor Rashid le hará entrega en seguida. De modo que, señor Cantarrana, le agradecemos que estudie el documento. Mañana nos reuniremos de nuevo, a la misma hora, para la firma del mismo, en el caso que esté de acuerdo con todas las cláusulas del documento.

Gabriel asintió de inmediato. El señor Rashid le entregó el referido documento y se despidió muy efusivamente de él, dándole un abrazo con fuertes palmadas en la espalda.

# Llévate este sobre y deja lo demás

Gabriel salió perplejo de la oficina del señor Max. Era demasiada información en los cortos veinte minutos que, a lo sumo, duró la reunión con los árabes. En la sala de espera lo aguardaba el enorme señor Topp, o *Herr* Topp, como comenzó a llamar a su albacea, en esta oportunidad acompañado de una bella joven, como de la misma edad de Gabriel, de cabellera negra azabache, enormes ojos negros, tez blanca como la leche, de la cual emergían incandescentes unos carnosos labios pintados de intenso carmesí.

—Hola, señor Gabriel, soy Antonia, su traductora. El señor Topp me contrató para hacer más fácil la comunicación entre ambos. Según parece, y entiendo, esto es crucial en lo sucesivo para usted.

Se presentó así, la arrojada joven, estirando su mano mientras Gabriel le daba la suya, como si fuera un autómata, sonrojado por el rubor de sentirse atrapado por la cautivadora belleza de su «traductora personal». Hasta ahora había logrado esconder el hecho de que habiendo crecido con los Sonntag, estos se preocuparon por inculcarle ciertos conocimientos del idioma alemán. Sin embargo, los mismos Sonntag ignoraron hasta donde llegaban esos conocimientos, pues Gabriel siempre se expresaba en español cuando hablaba con sus padres adoptivos.

—Hola —respondió parco el muchacho.

—Dice el señor Topp que ahora nos dirigiremos al Deutsche Bank, para que usted revise el contenido de una caja de seguridad que dejó a su nombre el difunto Herr Sonntag.

Caminaron hasta la furgoneta de siempre, pero, en esta ocasión, para la sorpresa de Gabriel, sería conducida por Antonia y no por el señor Helmut Löffler, quien le había servido de chofer desde su llegada a Alemania. Subieron al vehículo, él en el asiento posterior y en la parte delantera Herr Topp, como copiloto de Antonia.

Antonia conducía de manera audaz por las calles cubiertas de nieve derretida mientras lo miraba por el espejo retrovisor al hacerle de guía turística, explicándole, de manera precisa, cada lugar por el que pasaban. Condujeron por espacio de quince minutos hasta llegar al estacionamiento del banco.

Una vez dentro del recinto de seguridad, al cual fueron conducidos por una rubia vestida con un elegante traje de taller color azul pastel, lo dejaron solo para que revisara privadamente el contenido de la caja de seguridad. Al abrirla había varios sobres tamaño oficio, amontonados. En el sobre que estaba sobre todos los demás había un *sticker* amarillo que tenía escrito del puño y letra del señor Sonntag: «Gabriel, llévate este sobre y deja, por ahora, todo lo demás».

Gabriel hizo lo propio y llamó de inmediato para que, de nuevo, insertaran el cofre de metal en la casilla 645 del anaquel del recinto. La empleada introdujo el cofre en el casillero cromado y lo cerró con una llave que llevaba colgada al cuello entregándole otra llave a Gabriel para que también le pasara el cerrojo.

Salieron del banco y lo condujeron hasta su casa que quedaba a pocas cuadras de allí. Se despidieron hasta el día siguiente a las ocho de la mañana.

Ahora le tocaba a Gabriel revisar, en privado, el contenido del sobre y estudiar el documento que le fue entregado por Herr Max.

# El último mensaje del señor Karl

Gabriel se acababa de despedir de Antonia y al entrar a la casa, al apenas cerrar la puerta de entrada, de inmediato se llevó la mano derecha a la nariz para constatar si esta había quedado impregnada del amelonado perfume de Antonia, lo cual, en efecto, había sucedido. No podía dejar de pensar en los ojos de su traductora, mirándolo por el espejo retrovisor a la vez que le hablaba a borbotones, dándole alguna explicación sobre las costumbres de la ciudad, de las paradas del tranvía, de la panadería más cercana a su casa, etc. Todo lo que había sucedido en la reunión con el señor Abdel Rashid y Herr Schäffer había quedado en segundo plano, relegado a un conjunto de ideas confusas que ahora tendría que sentarse para desenredar con paciencia.

Se quitó los zapatos, los dejó en la entrada y anduvo descalzo hasta la mesa del comedor. Alguien había ordenado en su ausencia la casa; obviamente no había sido el señor Topp, pues este estuvo con él toda la mañana. Se sentó en la cabecera de la mesa, abrió el sobre que obtuvo de la caja de seguridad, sacó su contenido y lo puso sobre la mesa: un fajo de cien billetes de 100 euros, una credencial de identidad alemana, una tarjeta de débito del Deutsche Bank y una carta escrita de puño y letra por el señor Sonntag.

*Querido Gabriel:*

*Todo pasó tan rápido que no tuve tiempo de explicarte nada. Así que intentaré despejar algunas de las incógnitas que, me imagino, debes tener en este momento. En primer lugar te confirmo que, si recibiste esta carta, morí de cáncer de páncreas. En realidad me quedan un par de meses de vida antes de que abandone este mundo, los cuales dedicaré a dejar todo en orden y en marcha para que le des uso sano y pacífico al algoritmo que creamos entre los dos durante los últimos años. Después del entierro de Lilo, de* inmediato, me diagnosticaron el cáncer, así que no pasaré mucho tiempo sin la compañía de mi amada Liselotte.

Ya debes haberte reunido con Rashid. Debes tener plena confianza en él. Rashid es sobrino del jeque Mohammed bin Rashid Al Maktoum de Dubái, actual primer ministro de los Emiratos Árabes. Él es uno de los hombres más ricos del planeta y últimamente ha estado demostrando cierto interés en darle un uso inteligente a esa enorme fortuna. Es de él la idea de hacer fértil el desierto, aprovechando el cambio climático. Está tan decidido a lograrlo que, sin tener idea de cómo hacerlo, ha partido del acertado supuesto de que un objetivo de ese tipo, solo puede ser alcanzado mediante el control satelital de las nubes. Hoy, el señor Rashid Al Maktoum ya ha adelantado la puesta en órbita de cuatro satélites con ese fin, tal como tú y yo pensamos que debe hacerse, para hacer posible la fijación de coordenadas a la superficie de la magnetosfera. Tan solo falta un quinto satélite de procesamiento de la información registrada que llevará un computador cuántico en sus entrañas para tal efecto. Nuestro algoritmo es muy importante en ese proyecto pues, a partir de él, será posible calcular la posición exacta de una porción significativa de magnetosfera que angularmente se encuentre justo sobre las tierras desérticas de los Emiratos Árabes. El lanzamiento del último satélite está planificado para finales del mes de enero, momento para el cual ya habré muerto.

Por favor, firma el contrato que te van a entregar, pues sin tu firma no podrán hacer uso del algoritmo que con tanta dedicación y esfuerzo creamos.

El contrato estipula asesoría directa del proyecto, por lo que formarás parte del equipo de científicos que sustenta el sueño del emir. Por el dinero no te inquietes, pues la cifra que acordé con él es ridículamente tan alta que ya no tendrás que preocuparte nunca de temas económicos, dispondrás de suficiente riqueza para llevar a cabo tus propios proyectos, que me imagino tendrás, dadas las tristes circunstancias que embargan a tu país natal. Los detalles de tu participación en el proyecto te los aclararán Max y Rashid.

Otra cosa muy importante para ti, y que debes saber, es que he logrado averiguar que tu madre biológica, Josefina Cantarrana, trabaja cerca de una base militar norteamericana en Colombia. Ya el señor Topp te informará los detalles, pues fue él quien indagó sobre eso siguiendo mis instrucciones. Creo que es justo que lo sepas y que, si es tu deseo, la busques para que la conozcas. Hay muchos detalles acerca de cómo quedaste a nuestro cuidado que pronto sabrás.

Finalmente, dejé a Antonia encargada de la misión de ser tu asistente personal. Antonia es la hija de Ángela Etxandia, quien ha sido nuestra ama de llaves desde antes de que Lilo y yo nos fuéramos a vivir a Petrólea. Trátalas con cariño. Ellas siempre fueron leales a nosotros y las consideramos como de la familia. Ángela es oriunda del País Vasco y tiene muchos años aquí en Karlsruhe. Antonia nació y creció en Alemania. Ambas estuvieron habitando la casa en la que ahora vives, mientras la cuidaban para nosotros y para ti. Ahora viven a pocas cuadras. En la cocina, en el panel lateral de la nevera, hallarás el teléfono de ambas. Cualquier cosa que necesites, no dudes en llamarlas.

La furgoneta de la Siemens la tienes en calidad de préstamo, mientras decides qué automóvil quieres comprar. El jeque es accionista de la Siemens, de allí que no hay ningún problema con eso.

Bueno, hijo mío, espero que te sientas cómodo en Alemania. Sé que tardarás un tiempo en acostumbrarte a las maneras de aquí. Hay gente que no lo logra, pero, conociéndote, sé que tarde o temprano te adaptarás. Recibe mi bendición, hijo mío.

Karl Sonntag

# Un *aventón* en La Vuelta de Lola

El Señor Karl Sonntag había tenido un día muy ajetreado haciendo diligencias en la ciudad de Mérida. Compró las provisiones del mes, fue al banco a arreglar algunos asuntos de dinero y, finalmente, fue a visitar a un viejo amigo alemán que tenía un restaurante en el centro de la ciudad. Allí estuvo charlando y tomando unas cervezas con su anfitrión como hasta las siete de la noche. Se despidió a esa hora para emprender viaje hacia el páramo por la carretera trasandina en su viejo, pero muy bien cuidado, Volkswagen azul del año 1959. Parecía nuevo. Él mismo le hacía la mecánica y cualquier trabajo de restauración mandando a traer los repuestos desde Alemania. Pasaba horas en su taller mecánico ocupado con «La Pantera», que era el nombre que le había puesto a su querido y humanizado automóvil. Cuando viajaba solo, solía hablar en voz alta con La Pantera.

Venía conduciendo absorto por el recuerdo de la conversación que había tenido en el restaurant. La situación del país estaba muy mal. Nunca antes hubo tanta hambre y miseria en Petrólea. La gente emigraba del país, en grandes contingentes, buscando un destino mejor.

Ya saliendo de Mérida, en «La Vuelta de Lola», pequeña redoma que estaba justo a la salida de la cuidad para tomar la carretera trasandina hacia los pueblos del páramo, el señor Sonntag vio a una bellísima joven solitaria, que le hacía la señal de que la llevara agitando el dedo pulgar apuntando hacia arriba. Se detuvo para llevarla.

—¿Hacia dónde vas? —preguntó.

—Mucurubá —respondió la muchacha con amplia sonrisa, dejando ver su pulcra dentadura contorneada por labios muy pintados.

—¡Súbete! —replicó el hombre, abriéndole la puerta del automóvil a la adolescente.

Al subirse, el señor Sonntag pudo percibir un intenso y empalagoso perfume que le obligó a abrir la ventanilla para no asfixiarse. Y como era una persona muy franca, como en general lo son todos los alemanes, le comentó a la muchacha:

—¡Pero qué perfume tan fuerrrrte, niña! —dijo, haciendo énfasis en la pronunciación teutona de la letra *r*.

Después de un breve silencio, el señor Sonntag trató de mirar por el rabillo del ojo. Tenía la sensación de que la adolescente le había puesto la vista, sin quitársela de encima, y comenzó a ponerse nervioso.

—No está haciendo tanto frío hoy… —comentó volteando hacia ella, con disimulo, para constatar si lo miraba. Su sorpresa fue mayor cuando se percató de que la muchacha lo miraba directamente sobre su ingle, humedeciendo sus apetecibles labios con la lengua.

En ese momento su corazón se aceleró de forma inesperada y un ligero temblor en las manos al volante se hizo perceptible en el curso del automóvil andando. El señor Sonntag pensó en Liselotte, su mujer, quien le había advertido que había escuchado sobre las muchachas que se prostituían pidiendo *aventón* en La Vuelta de Lola.

# Schreckliche Zukunft dieses Landes

El señor Karl ya anticipaba lo que sucedería. Respiró profundo para calmarse y le preguntó a la muchacha:

—¿Qué edad tienes, niña?

—diecinueve —contestó ella.

—No es cierto, tú no pasas de dieciséis —replicó en su acento alemán, mirándola fija y seriamente a los ojos.

—¿Qué importa mi edad, señor? Si usted quiere, yo sé dónde podemos pasar un rato *chévere* los dos. Respondió altiva y sin titubeos la niña.

El señor Sonntag la volvió a ver a los ojos y, alternando la mirada entre la carretera y la muchacha, la increpó:

—¡Tú estás loca, carajita! ¿Cómo crees tú que este viejo va a caer en tus encantos? Deberías preocuparte más bien por terminar tus estudios. ¿Cómo te llamas?

—Josefina —respondió, esta vez en tono más sumiso, dejando ver un atisbo de rubor en sus mejillas y continuó—. Dejé el colegio el año pasado y ahora trabajo en esto.

El señor Karl, tratando de contener la ira, en tono magnánimo le señaló:

—Niña, cometes un gran error. Estás tirando tu futuro a la poceta. Recapacita y vuelve a clases. Nunca es tarde para ello.

Siguieron unos largos cinco minutos hasta que Josefina rompió de nuevo el silencio y dijo:

—¡Ay, señor!, si usted supiera, lamentablemente ya es muy tarde... estoy embarazada y ahora debo reunir mucho dinero para cuando se enteren mis padres que, cuando lo sepan, me van a echar de la casa. Ya tengo dos meses de embarazo y, máximo, a los seis ya se notará el barrigón.

Al escucharla, el señor Karl hizo un chasquido con la boca y quedó mudo el resto del viaje hasta que, llegando a Mucurubá, Josefina le pidió que la dejara en un paraje solitario para evitar que la gente del pueblo la viera apearse del automóvil y ver si podía lograr algún cliente en dirección a la ciudad de Mérida.

El señor Karl prosiguió su viaje hasta su casa donde Liselotte lo esperaba con una cerveza fría y una cena liviana. Le contó toda su experiencia con la muchacha y permanecieron tristes y abatidos por el cuento hasta que Lilo, que era como don Karl la llamaba, dijo en alemán:

–*Schreckliche Zukunft dieses Landes* (terrible futuro el de este país).

# Noticias que cansan

Gabriel terminó de leer la carta con cierta curiosidad acerca de lo que el señor Topp pudiera decirle de su madre perdida. Sacó de su monedero la foto en la que aparecían su madre y él, de apenas meses de edad. La vio por largo tiempo hasta quedar absorto. Pensó que no sentía nada por ella y, por lo tanto, no entendía por qué de pronto, ahora, le preocupaba tanto el tema.

Encendió la televisión, en el canal de la televisora española, para ver las noticias. Había inundaciones por doquier. Miles de muertos por huracanes y tsunamis todos los días. En Estados Unidos la Marina y la Guardia Costera vigilaban, en un gran despliegue de barcos de última tecnología, las costas del golfo de México devastadas por el repetido embate de huracanes sobre la península de La Florida. Se hablaba de una diáspora interna en los Estados Unidos, desde unos estados hacia otros menos riesgosos climáticamente. Pero, en realidad, nadie estaba a salvo en ese país. Si no era por las inundaciones y deslaves en algunos estados, era por los terremotos, cada vez más frecuentes y potentes, en otros. En cualquier caso, estas situaciones podían matar o dejar a la gente en la calle. Se pronosticaba que la década de los años veinte del siglo XXI sería considerada como la era más catastrófica en la historia de los Estados Unidos y de la humanidad en general. Del terrorismo internacional ya casi que no se escuchaba nada, pues todos estaban avocados a contener los embates de la naturaleza generados por el cambio climático.

El muro que se comenzó a construir para separar a México de Estados Unidos contenía, a duras penas, el éxodo masivo desde Centroamérica hacia el país del norte. La cantidad de gente que se agolpaba del lado sur del muro generaba creciente preocupación en el gobierno norteamericano. Temían que, tarde o temprano, tuviesen la necesidad de utilizar a la Guardia Nacional para evitar que se violara la frontera.

Todas las islas caribeñas vivían en constante estado de alerta. Haití estaba totalmente rodeado de barcos de la Marina de los Estados Unidos, bajo el pretexto de la ayuda humanitaria, pero su verdadero objetivo era el de contener el éxodo masivo de haitianos hacia otras islas del Caribe.

En África proliferaba una fuerte epidemia de Ébola, hasta llegar a niveles de elevadísimo riesgo de contagio hacia Europa, provocando, allí también, el fortalecimiento militar de los controles contra la invasión de población «no deseada» desde África. Prácticamente, todo el continente africano se había convertido en un enorme *apartheid*.

De Latinoamérica se escuchaba muy poco de la rebelde Petrólea, salvo de los conflictos armados que, esporádicamente surgían en la frontera de ese país con Guyana, Brasil y Colombia.

Ya cansado, Gabriel se duchó y se acostó, puso la alarma de su celular para que lo despertara a las siete de la mañana y se quedó dormido.

# El lanzamiento será en Kourou

Una enorme losa de cemento lo inmovilizaba contra el suelo. Trataba de mover sus extremidades, pero era inútil. Gritaba, mas el baladro era absorbido totalmente por la losa. De pronto comenzó a caer en un vacío oscuro e interminable, en el que no podía saber si realmente caía, o era más bien ascendente su movimiento. Pensaba que sí ascendía, ya no caía sino que volaba. Una voz pronunciaba su nombre desde todas las direcciones:

—¡Herr Gabriel!… ¡Herr Gabriel!

Abrió los ojos y vio a Antonia, su hermosa traductora, tratando de despertarlo. Había quedado totalmente dormido. Ni la alarma de su celular pudo con el pesado sueño que lo tenía prisionero.

Parada en la puerta de la habitación estaba una señora mayor que lo veía sonriente.

—Estabas profundamente dormido, tocamos y tocamos y no abrías y, como a mi mamá le toca limpiar hoy, entramos. Además, recuerda que tienes una reunión en la oficina del señor Max dentro de cuarenta minutos.

Todavía medio alelado, Gabriel comenzó a entrar en razón y se puso de pie. No le importó estar en calzoncillos y caminó impúdicamente hacia el baño.

Bajó a la cocina y allí estaban Antonia y su madre esperándolo con un desayuno: un huevo tibio, *brötchen* con mermelada y café de filtro. En Petrólea el café era prácticamente imposible de conseguir, y si lo encontraba en algún lado era muy caro. Por el contrario, desde que llegó a Alemania, había café en todas partes. Todo el mundo se lo ofrecía, sin embargo, se trataba de un café tan claro, que parecía más bien té lo que le daban a beber.

Advirtió que la cocina estaba impregnada del perfume amelonado que Antonia llevaba el día anterior. La madre de Antonia se le acercó y extendiéndole la mano le dijo:

—Mucho gusto, Gabriel, yo me llamo Ángela y soy la madre de esta muchacha que tienes aquí. El señor Karl me habló mucho de ti. Te consideraba como su hijo, así que así te trataré, como el hijo del Lilo y Karl. —Gabriel se sonrojó reconfortado al escuchar esas palabras.

Gabriel pudo llegar a la hora acordada a la cita con el señor Max. Allí lo esperaba Herr Rashid con dos guardaespaldas: Helmut y otro hombre de apariencia árabe. Se sentaron en una mesa los dos con Gabriel y, entre comentarios acerca del clima, firmó todos los papeles que le pusieron por delante, tal como le había sido indicado en la carta del señor Karl.

De pronto, el señor Rashid comenzó a hablar en alemán, mirando amablemente hacia los ojos de Gabriel y, al culminar, Antonia le tradujo:

—El señor Rashid te informa que en la estación espacial de Kourou, en la Guayana Francesa, un equipo de científicos y técnicos te está esperando para que comiences a trabajar con ellos. Partirás pasado mañana en un avión privado que el emir puso a tu disposición para este viaje.

Gabriel preguntó sorprendido entre risas, ¿y ya me voy de Alemania? No tengo ni una semana de haber llegado en mi primer vuelo en avión y ya estoy saliendo de nuevo. ¡Jajaja!.

—Lo que sucede es que el satélite será lanzado en apenas dos meses y parece que es muy importante tu aporte allá en Kourou. De aquí vamos al Instituto Tecnológico de Karlsruhe para que la gente del equipo que viajará contigo te explique los detalles de tu participación.

En realidad, sus conocimientos secretos de alemán la habían permitido entender lo que posteriormente Antonia le tradujo, pero le gustaba la idea de hacerse el que no hablaba para seguir escuchando la voz de la muchacha después de cada frase en alemán emitida por sus interlocutores.

# Melpómene, musa y celestina

**M**elpo iba con las demás chicas rumbo a la base militar para prestar sus servicios a los oficiales norteamericanos, como era costumbre. En su elegante cartera de metal pulido, que le hacía juego a los pendientes y collares, llevaba una encomienda secreta de parte de Josefina para el teniente Jim Luce. La carta que le había escrito este, había tenido el efecto de hacer que Josefina irrespetara el sagrado código del club. Si el señor Roberto se enteraba de este vaivén de mensajes furtivos, el futuro en el club, de las dos chicas involucradas, podría estar comprometido.

Al llegar a la base militar la camioneta Van se desplazó, como lo habían hecho muchas veces, por las largas vías de granzón que mediaban entre la garita de entrada a la base y las instalaciones militares erigidas en torno a la pista de aterrizaje, totalmente asfaltada y perfectamente señalizada. A ambos lados de la pista había enormes hangares que ocultaban, de la intemperie y del espionaje satelital, sofisticados aviones de combate de última generación, así como también aeronaves estratosféricas con fines secretos, dotadas de tecnología de vanguardia en equipos de guerra, telecomunicaciones y guerra climática.

La carretera de granzón, al hacer entrada a la base, recorría en forma paralela toda la pista de aterrizaje, de modo que las muchachas podían ver cómo, día a día, se agregaban nuevos hangares y módulos militares que, a lo largo de los años, habían convertido a la base en la más grande instalación militar norteamericana en el extranjero. Al final del recorrido, entrando al estacionamiento de las barracas, habían dispuesto los contenedores que días atrás Melpo y Josefina habían visto que remolcaron hacia la base, cuando se desplazaban hacia el pueblo para hacer compras de víveres para el club.

Había una cuadrilla de soldados que los descargaban y organizaban su contenido en un enorme patio cubierto con lonas de camuflaje.

Las chicas pudieron ver con sorpresa que se trataba de enormes cantidades de contenedores de plástico verde, del tamaño de una persona acostada.

—¿Y qué vaina es esa? —preguntó Euterpe, una de las chicas del club

—Son urnas para muertos hechas de plástico biodegradable —contestó Adalberto, el chofer de turno de la Van esa tarde.

Llegaron a la base y Melpo fue recibida por el teniente Jim Luce. Ambos se retiraron a una habitación en la barraca y, ya en la intimidad, la mujer le hizo entrega de la nota al teniente. Este la abrió desesperadamente y comenzó a leer.

*Querido Jim:*

*Tu carta me dejó muy indecisa, aunque finalmente me convenciste. Me iré contigo, pero tenemos que planificarlo muy bien. A mí me deben mucho dinero y no quisiera perderlo por huir improvisadamente contigo a los Estados Unidos. Primero tengo que poner mi renuncia y tendremos que esperar cerca de dos meses hasta que me devuelvan mis documentos con la paga que me adeudan. Después de eso, sin que nadie sospeche nuestra relación, debemos encontrarnos en Bogotá para que me lleves lejos de aquí.*

# La catástrofe que vendrá

El haber escuchado de Melpómene el relato de las numerosas urnas de plástico que vio en la base atemorizó, a tal punto, a Josefina, que ahora quería salir cuanto antes de la hacienda. Acordó con el señor Roberto que trabajaría tres meses más y este le cancelaría el monto acumulado de sus largos años de servicio en el club. En total, recibiría casi cuatrocientos mil dólares, más toda la ropa y joyas que había adquirido para sus salidas vespertinas a la base militar norteamericana. Mientras tanto, ya había acordado con el teniente Jim Luce encontrarse en Bogotá, para que él la ayudara a arreglar los papeles que le permitirían viajar a los Estados Unidos, lo cual no iba a ser tarea fácil. Cuando Josefina llegó al club, el señor Roberto le había gestionado un pasaporte de la República Socialista de Petrólea, pero la ruptura de las relaciones entre Colombia y Petrólea y posteriores enfrentamientos armados entre ambos países le harían complicados sus trámites de viaje desde Colombia. Sin embargo, tenía la alternativa de gestionar un pasaporte colombiano en los bajos fondos, sobornando a los funcionarios de las oficinas de extranjería colombiana.

Se cumplieron los plazos y Josefina recibió del señor Roberto el dinero, depositado en una cuenta en dólares a su nombre. Fue trasladada a Bogotá por vía terrestre en la Van del club. Una vez en la capital, se albergó en un lujoso hotel de la ciudad, a la espera del teniente Luce, quien acudió al llamado de Josefina un par de días después.

Felices de estar finalmente juntos celebraron el encuentro como si se tratase de una espléndida luna de miel. El sueño de ambos se había cumplido. Sin embargo, todavía faltaba solucionar los detalles de la documentación de Josefina, para luego realizar una boda civil entre los dos, con Josefina casándose con Jim como si fuera una ciudadana colombiana.

Afortunadamente, todos esos detalles fueron resueltos, pagando entre ambos los elevados costos de la adquisición de los documentos colombianos de Josefina. En definitiva, pudieron celebrar con mucha dicha, sin invitados y en total intimidad, el matrimonio que los unía legalmente como marido y mujer ante la ley colombiana, de lo cual obtuvieron certificación para gestionar la visa condicional de Josefina para ingresar a los Estados Unidos.

Josefina estaba muy aliviada de abandonar Colombia, pues sus temores de que algo grave sucedería, eran bien fundados. A las pocas semanas de estar juntos en Bogotá, el teniente Jim Luce le confió la ultrasecreta información de que, en pocos meses, un catastrófico evento climático tendría lugar en un extenso territorio que solapaba sobre los dos países, que dejaría un elevado número de víctimas fatales.

# Un mago hipnotizador

Gabriel salió de la oficina de Herr Max acompañado de Antonia, quien parecía muy contenta por lo que acontecía. Una vez en la antesala le dijo a Gabriel:

—¡Que emocionante, señor Gabriel! El señor Max me dijo, aparte en la reunión, que yo también viajaré con usted para ser su traductora del alemán, inglés y francés. Yo nunca he salido de Europa.

A Gabriel también le gustaba la idea de que la bella joven de fragancia amelonada lo acompañara en la novel experiencia que le había dejado preparada el señor Karl Sonntag, así que le respondió con una sonrisa tratando de no delatar lo mucho que a él le agradaba la idea.

Ella lo invitó a almorzar a un restaurante griego en el que todos la saludaban con alegría a su ingreso acompañada de Gabriel:

—*Willkommen, Fräulein Tonia, wie geht es Ihnen?*

—*Danke Herr* Anastasiadis

El señor Anastasiadis los condujo a una mesa solitaria al fondo del restaurante, ambientado con música griega a muy bajo volumen, lejos del bullicio de la barra que esa tarde estaba muy animada por coincidir con la victoria del equipo local de fútbol.

Se sentaron y, sin esperar mucho, Antonia preguntó mirando a Gabriel con sus hermosos ojos negros:

—Y bien, señor Gabriel, explíqueme un poco en que está usted metido que todos lo requieren con tanta vehemencia.

—Si te cuento no me lo crees, pues no tengo la menor idea. Yo solo sé que el señor Karl y yo desarrollamos un algoritmo de cálculo de las coordenadas de la ionosfera, si se le suministran ciertos datos del entorno espacial. Lo novedoso de todo esto es que el algoritmo lo tradujimos a un lenguaje de computación cuántico que el señor Karl desarrollo aquí en Karlsruhe, previendo que en el futuro las computadoras cuánticas serían una realidad. De hecho, los avances tecnológicos han conducido a la construcción de computadoras cuánticas que pueden operar en el vacío, es decir, en el espacio, alojadas en satélites geoestacionarios. Con la velocidad de cálculo de ese tipo de computadoras es posible obtener las coordenadas de la ubicación precisa del manto de una sección finita de la ionosfera. Ahora bien, esta información es crucial para el control climático.

Al terminar la frase sorprendió a Antonia mirándolo a su boca mientras hablaba, como si estuviera hechizada por lo que escuchaba. Ella no entendía nada, pero la sabiduría de aquel joven la encantaba como si fuera un mago hipnotizador.

Gabriel paró de hablar mientras que Antonia, absorta por los ojos de Gabriel, ni siquiera lo había notado y lo miraba como si aún hablara. De improviso, en medio del extraño silencio, llegó el señor Anastasiadis diciéndole a Antonia que le serviría lo que siempre acostumbraba servir a sus invitados… de pronto, Antonia salió del letargo, respondiéndole afirmativamente.

—No entendí nada, señor Gabriel, pero suena tan interesante... —le dijo Antonia a Gabriel como intentando tapar el lapsus.

Comieron y bebieron vino hasta que decidieron llamar un taxi y dejar la furgoneta de la Siemens en el estacionamiento, pues Antonia había bebido más de la cuenta.

El taxi condujo hasta la casa de Gabriel y ella se despidió dándole un beso en la mejilla, lo cual ruborizo a Gabriel haciéndole balbucear un casi incomprensible «hasta mañana».

# Las intimidades de Antonia

A la mañana siguiente Gabriel se preguntaba qué había sucedido con la reunión que supuestamente tendrían en el Instituto tecnológico de Karlsruhe, después de la reunión en la oficina de Max. Parecía que a Antonia se la había olvidado durante la comida en el restaurante griego.

Gabriel ignoraba que Antonia había recibido una llamada de Max, pidiéndole que no lo llevara al Instituto por recomendación del sobrino del jeque, quien a su vez había recibido la advertencia de que agentes del Mossad, el Instituto Israelita de Inteligencia y Operaciones Especiales, estaba rondando las instalaciones del Instituto Tecnológico de Karlsruhe y prefirieron mantener a Gabriel de bajo perfil.

Adicionalmente, entre las personas que asistirían a la fallida reunión estaba el exnovio alemán de Antonia, Norbert Ohm, por lo que la suspensión del evento resultó en alivio para ella, quien estaba muy dolida por la reciente ruptura entre ellos después de más de tres años de relación.

Norbert era un físico recién graduado con honores en el Instituto, miembro del equipo de científicos que viajaría a Kourou. Antonia lo conoció en una cena en casa de los Sonntag, y desde aquel entonces habían quedado enamorados. Planificaban casarse y hasta habían concertado una cita con un famoso médico obstetra alemán, debido las dificultades que Antonia tenía para quedar embarazada.

Al momento de la separación estaba pendiente aún la cita que tendrían con el afamado médico obstetra, especialista en inseminación artificial. La habían establecido hacía unos largos tres años y tendría lugar pocos días después de la ruptura. Para Antonia era un gran desperdicio, después de tanto tiempo, considerando la enorme ilusión que ella aún tenía de quedar embarazada.

Durante la cena, algo le comentó Antonia sobre el asunto, pero Gabriel no le prestó atención a los detalles. Se trataba de un tema delicado y que no entendía por qué le confiaba tan íntimos secretos.

Mientras desayunaba frente al televisor de la sala, como era ya costumbre durante los pocos días que llevaba Gabriel en Alemania, llegaron Antonia y su madre a la casa sin anunciarse. Era día de limpieza y a la señora Ángela le correspondía hacerla.

Se saludaron y salieron hacia la nueva reunión, reprogramada en otro lugar, para que Gabriel conociera al resto del equipo, dentro del cual estaba Norbert Ohm, el ex de Antonia.

# El primer encuentro

La señora Liselotte no podía dejar de pensar en el relato de su marido Karl. Desde entonces, siempre que salía en la vieja *Pantera*, conducía poniendo mucha atención a los transeúntes esperando encontrarse con la muchacha embarazada. En una oportunidad, pasando por la plaza del pueblo, él le señaló a la joven:

—¡Mira, Lilo! ¡Esa es la muchacha que te conté!

Realmente era una muchacha muy bella y aún no se le notaba la barriga del embarazo.

Lilo tenía un plan. Ella y Karl, de común acuerdo, nunca tuvieron hijos; marcados, quizá, por ser apenas niños cuando terminó la Segunda Guerra. Hubo muchos adolescentes alemanes de aquella época que, avergonzados por su pasado, castraron toda posibilidad de pensar en una prole. Sin embargo, con el tiempo, el parecer de Lilo cambió. Después de años viviendo en Petrólea, precisamente por los vientos políticos del momento, esa idea nihilista de no dejar hijos fue mutando. Pensaba que ellos contaban con los recursos para criar un hijo alejado de los males que aquejaban a la población de ese país, de modo que buscó en secreto a la muchacha hasta que finalmente la vio al lado de la carretera, solitaria, quizá esperando por un «cliente» o por el autobús hacia Mérida.

Detuvo el automóvil, alargó su brazo hasta llegar a la manilla de la ventana del copiloto, bajó la ventana y le preguntó:

—¿Estás bien? ¿Quieres que te lleve?

—Estoy algo mareada —respondió Josefina.

—¿Quieres subirte?... parece que va a empezar a llover —le dijo Liselotte en un tono casi maternal.

La muchacha asintió con la cabeza, se subió al viejo Volkswagen y prosiguieron el viaje hacia la ciudad. Josefina recordó el inconfundible automóvil en el que, unas semanas atrás, viajó desde Mérida con el viejo y gentil señor extranjero.

Después de un incómodo silencio de varios minutos, Lilo comenzó a hablar en su buen español marcado por su ineludible acento alemán:

—Yo me llamo Lilo ¿y tú?

—Josefina –contestó tratando de sonreír.

—No te vayas a asustar niña, pero llevo algunos días buscándote para hacerte una propuesta —profirió Liselotte, viendo directo a los ojos a Josefina–. Mi marido me comentó que el otro día te trajo desde Mérida y me contó la difícil situación por la que estás pasando.

Josefina se puso nerviosa, pero se mantuvo calmada.

—Tú estás muy joven para poder encargarte de ese niño sin que ello signifique mayor pobreza para los dos. Además, según me contó mi marido, cuando tu papá note el embarazo te va a desalojar de tu propia casa, ¿cierto?

Josefina, con cara de incrédula la interrumpió diciéndole:

—Ya lo hizo.

—Bueno, estoy dispuesta a ayudarte con el embarazo y si después no quieres el niño, mi marido y yo lo criaríamos.

Josefina, aún más sorprendida, no pudo sino balbucear:

—Pero ¿cómo así señora?

—Bueno, por lo pronto, tenemos que ver dónde vas a quedarte mientras das a luz. Hay una posada de una señora muy amiga, más adelante en el camino, con la que yo puedo hablar para que te quedes allí hasta que tengas el niño. Pero te agradezco que mantengamos esto en el más estricto secreto entre tú, mi amiga y yo. Mi marido no sabrá nada del acuerdo. Una vez que tengas el niño, pueden venir a vivir con nosotros a nuestra casa y juntos lo criamos como si fuéramos una gran familia. Después, cuando te recuperes del embarazo, si quieres, puedes continuar con los estudios, ¿qué te parece mi propuesta?

# La propuesta

Josefina se quedó sorprendida por la propuesta de Lilo. Ella estaba pensando en el aborto, pero dada sus condiciones económicas, le era imposible conseguir el dinero para efectuarlo en forma segura. Después de pensar por un rato, en voz quebrada le respondió.

—La verdad es que a la vez que me conmueve, me inquieta mucho su proposición. No es que dude de usted, pues es conocida en el pueblo por su seriedad y amabilidad. La gente habla muy bien de ustedes que ya tienen bastante tiempo viviendo entre nosotros. Tiene razón al pensar que me debo encontrar necesitada. Se ve que su gentil esposo le ha contado bien mi situación, la cual le relaté en aquella oportunidad que tuvo la amabilidad de traerme desde Mérida. Me imagino que su marido le habrá contado también cuál era mi intención cuando le hice señas para que me llevara. Eso me tiene un poco avergonzada con usted. Son muchas las razones por las que una muchacha como yo se ha visto obligada a prostituirse. Quisiera explicarle un poco de mi propia boca para que, si es el caso, repiense sobre lo que me ha ofrecido.

—A ver, cuéntame cómo fue que quedaste embarazada… —preguntó Liselotte dándole rienda suelta a Josefina para que se explayara en su relato.

—Bueno, usted sabe cómo está el país de mal. No se consigue nada en los abastos, la ropa está carísima y a mí, que soy muy coqueta, me gusta estar *fashion*. En el colegio me estaba yendo tan mal que decidí abandonarlo. Aquí en Mucurubá corre un rumor de que cada cierto tiempo pasa un señor en una camioneta negra con los vidrios ahumados que recluta niñas de buena presencia, para contratarlas de modelos en el exterior y decidí arriesgarme. Me iba todos los días a Mérida a pedir *cola* desde La Vuelta de Lola, que era por dónde pasaba el bendito señor de los vidrios ahumados. Total…nunca pasó el hombre y siempre terminé montada en automóviles de hombres que buscaban otra cosa, a lo cual terminé cediendo y, como ve, quedé embarazada, por no poder costear ni conseguir anticonceptivos. Ofrecían buen dinero y me engolosiné con mi empresita personal.

»Pero usted sabe cómo es la cosa en ese pueblo de chismosos. Parece que alguien  fue con el chisme a casa y mi papá me dio un plazo para que me fuera, pues les estaba dando muy mal ejemplo a mis hermanos. Hace unas semanas tuve que salir de mi hogar, algunos me ayudaron, pero solo por unos días y luego, a la calle de nuevo. Así que, por ese lado, su oferta me caería de perlas. No tengo ni donde caerme muerta y todo lo que gano, se me va en ropa *fashion* y comida, pues no se imagina el hambre que me da todo el tiempo. Eso significa que casi siempre estoy limpia de dinero.

»Para colmo, finalmente pasó el señor y, en efecto, me recogió en La Vuelta de Lola. Es un señor muy elegante, con dos escoltas, pero cuando le dije que estaba embarazada y que solo tenía dieciséis me dijo que tenía primero que salir del niño. Afortunadamente cumplo diecisiete el mes que viene. Me dio su teléfono para que lo llamara cuando eso sucediera. Me ofreció buen dinero y me dijo que se trataba de un fino servicio de damas de compañía en Colombia. De tal manera que usted dirá, señora, si aún le conviene cargar con esta triste historia a cuestas.

Pensativa, Lilo se mordía el interior del cachete mientras conducía absorta en su reflexión final acerca de si seguir adelante con su oferta y no lo dudó, de pronto, comenzó a hablar ella de nuevo:

—Está bien, niña, pero mientras tú y el niño estén bajo mi cuidado, te atendrás a mis condiciones que, en realidad, solo persiguen el bien tuyo y el de tu niño. Te vas a quedar en la posada de mi amiga, a quien iremos a visitar de inmediato. Lo que ibas a hacer hoy, ya no lo vas a hacer más. Mañana vamos a visitar a un médico obstetra para que vigile tu embarazo, que calculo está por llegar al sexto mes. En la posada de Betania, que es como se llama mí amiga, te darán buena comida. Si puedes ayudarla con trabajos fáciles en la posada, estaría bien, pero no estás obligada a ello.

De pronto, en una bonita entrada a un lado del camino, Liselotte se desvió de la carretera, para adentrarse en un angosto camino asfaltado bordeado de sauces muy altos que le daban el nombre a la «Posada Los Sauces».

# Los tres, juntos

Antes de la partida hacia la base de lanzamiento de cohetes de Kourou, en la Guayana Francesa, Gabriel, Antonia y su exnovio alemán, Norbert Ohm, que también pertenecía al equipo de técnicos que acompañarían la misión que viajaría a Kourou, preparaban una presentación para mostrarla frente a los científicos y patrocinadores del proyecto espacial, días antes del viaje a la Guayana Francesa. Durante la larga sesión de trabajo Gabriel se sentía muy incómodo con Antonia y Norbert, pues estaba al tanto de la tensión entre ambos, ya que Antonia le había insinuado un par de días atrás que le donara, sin compromiso alguno, su semen, para no perder la cita con el famoso médico alemán.

Trabajaron en las instalaciones en las que se realizaría la presentación. Un muy bien equipado anfiteatro, para presentaciones científicas y musicales, en el Instituto Tecnológico de Karlsruhe. El lugar contaba con uno de los más modernos proyectores holográficos del mundo y Norbert Ohm era uno de los técnicos más conocedores de la materia, pues fue él quien había desarrollado un famoso *software* utilizado mundialmente para este tipo de presentaciones y cuya venta de los derechos había tramitado un par de años atrás con la Microsoft.

Las sesiones de trabajo parecían una antigua contienda entre caballeros del Medioevo, en las que las lanzas y espadas fueron sustituidas por el sarcasmo y la ironía. Sin embargo, a pesar de todo, esa misma circunstancia se constituyó en un excelente catalizador para que el resultado del trabajo que realizaban fuera el de más alta calidad.

El día de la presentación —que sería proferida por Gabriel en el idioma español y traducida simultáneamente al inglés por Antonia, su traductora— el ala del Instituto Tecnológico de Karlsruhe, en la que tendría lugar el evento, había sido clausurada para el público. Había personal de la policía alemana rodeando el edificio del moderno anfiteatro, mientras que frente a cada una de las cuatro puertas que tenía la edificación, había, apostados, dos guardaespaldas árabes.

Gabriel preguntó por qué tanto despliegue de seguridad y Antonia le explicó que había sido ordenado por Max debido a la presencia del emir árabe, quien era el mecenas del proyecto.

Ya todo estaba listo para dar inicio al evento. Aún cuando el anfiteatro daba cabida a unas mil personas, solo habría menos de treinta participantes al interior del recinto.

Justo a la hora fijada, las cuatro de la tarde, de aquel día de gélido invierno alemán, el señor Max bajaba al elíptico piso del hemiciclo de madera, que era visto desde tribunas ubicadas a mayor nivel. La acústica perfecta de tabelones de roble y palo sano, ubicados estratégicamente para garantizar que allí también se realizaran conciertos de música de cámara, impregnaba el ambiente del olor de los aceites que se utilizaban para el mantenimiento de la madera del lugar. El señor Max, parado sobre un podio ubicado a un lado del estrado, dio inicio con unas emotivas palabras introductorias, relativas a la memoria del Dr. Karl Sonntag y de su reciente muerte. Finalmente introdujo a Gabriel con las palabras... «*Sehr geehrte Damen und Herren, ich überlasse Herrn* Gabriel Cantarrana *und seiner Präsentation zum Projekt* "Siembra del desierto"».

# Un dios que te sopla al oído

Gabriel caminó los quince pasos que lo separaban del podio de oradores, ubicado a un lado del moderno escenario. Durante la fugaz caminata pasaron por su mente inolvidables recuerdos de infancia, que evocaban las clases de oratoria que le dictaba su mentor, el señor Karl Sonntag, durante sus largas y fallidas sesiones de pesca de trucha en el rio Chama. Mientras menos pescaban, más intensas y profundas eran las clases. Ambos eran pésimos pescadores y la actividad de ir a pescar solo representaba un pretexto para llevar a cabo sus frecuentes sesiones peripatéticas.

El señor Sonntag siempre le decía: «Si comprendes a cabalidad lo que quieres explicar, no hay trabas al hablar y las palabras fluyen solas desde tu interior, como si resonaran desde la conciencia de un dios que te sopla al oído lo que tienes que decir».

Gabriel no le veía sentido a aquellas prácticas de elocuencia, que cada cierto tiempo el señor Karl le obligaba cubrir con religiosidad, dos veces por semana. Le hacía parar frente a un jardín natural de piedras a un lado del rio Chama, indicándole que cada piedra a su alrededor era una persona que lo escuchaba y su misión era hablar con fluidez, sobre un tema que elegían previamente, hasta convencerse a sí mismo que todas las piedras habían asimilado el contenido de su exposición.

Mientras caminaba se abría en el suelo del escenario una ventana elíptica, de cerca de un metro en su eje mayor, del cual emergía un proyector holográfico de última generación. Al fondo del escenario, desde dos ventanas de cabinas separadas, Antonia y Norbert lo seguían en cada uno de sus movimientos. Ella esperaba su discurso para dar inicio a la traducción simultánea, mientras Norbert estaba atento para dejar en libertad, como si fuera una manada de caballos alados, las imágenes holográficas que apoyarían las palabras de Gabriel.

Habló durante exactos cuarenta y cinco minutos sobre su estrategia tecnológica para *arrear* las nubes hacia el desierto. Todos los presentes escuchaban, como hipnotizados, cada palabra de Gabriel, las cuales fueron traducidas al alemán por Antonia y al árabe por el traductor de su eminencia el califa, presidente de los Emiratos Árabes Unidos, que había llegado en forma secreta y sorpresiva para escuchar la exposición del «niño» de Petrólea, allí presente como consecuencia de la diáspora de ese país.

Al terminar la exposición, a pesar de la pequeña y muy selecta concurrencia, los aplausos aparentaban una mayor asistencia de la que era posible ver en el recinto. Hasta el mismo califa, conocido por su parca frialdad en sus escasas apariciones públicas, aplaudía efusivamente, mientras se abrazaba con quienes lo acompañaban en el palco para vip del anfiteatro.

Al extinguirse las imágenes y los aplausos, Gabriel se perdió tras bastidores y, mientras se dirigía al encuentro de Antonia, fue detenido por alguien quien lo saludaba y felicitaba con efusión diciéndole:

–¡Señor Gabriel Cantarrana! ¡Qué gran exposición! Mi nombre es Jim Luce y le traigo noticias de su madre Josefina.

# La tensa reunión con Jim

Gabriel quedó paralizado al escuchar el nombre de la persona que supuestamente era su madre biológica. No era capaz de relacionar la imagen de un alto oficial uniformado de la Marina norteamericana, con aquel encuentro imprevisto tras bastidores. Pudo notar que, a la entrada de la trastienda del escenario, había, apostados, dos marines, impidiendo que interrumpieran su reunión con el misterioso oficial de la Armada norteamericana. Antonia, visiblemente molesta, mostraba sus credenciales a los guardaespaldas del sorpresivo y misterioso interlocutor de Gabriel, pero estos, inmutables, le bloqueaban el paso a la insistente mujer. Solo pudo calmarse cuando Gabriel, desde lo lejos, le hizo una seña con la mano indicándole sonriente que todo estaba bien.

—Bueno, en realidad no he venido solo a hablar de Josefina, mi querida esposa. Lo que sucede es que he venido a escuchar la presentación a la que el gobierno de mi país fue invitado por el gobierno de los Emiratos Árabes. No se nos indicó quién la haría, pero se nos advirtió que nos sería de mucho interés. Para mi sorpresa, jamás pude prever que eso sería tan cierto, tanto para mí como para el gobierno de los Estados Unidos de Norteamérica y, ahora, me atrevo a apostar que para usted también, señor… Cantarrana. Obviamente, no es este el lugar adecuado para reunirnos, ¿qué le parece si nos tomamos un par de cervezas en algún lugar cercano?

—No tendría ningún problema en aceptar siempre y cuando me deje acompañar de mi asistente lingüístico, la señorita Antonia Etxandia, que es aquella que grita nerviosa desde allá —respondió Gabriel, señalando hacia los soldados que le impedían el paso a su amiga.

—¡Pues claro! No tengo ningún problema! —indicó el señor Luce, mientras se pasaba el dedo índice por el cuello, lo cual parecía ser la señal para abortar la orden de impedir el paso, que minutos antes le había dado a sus guardaespaldas.

Antonia caminó a paso rápido hasta donde estaban Gabriel y el coronel y antes de que pudiera decir nada, Gabriel se le adelantó diciendo:

—Antonia, te presento al señor Jim Luce que, si no me equivoco, es un oficial de la Armada de los Estados Unidos, ¿cierto?

—Cierto —asintió el señor Jim Luce.

—Yo no sé nada de rangos militares, pero pienso que debe ser alto el rango de quien viene acompañado de dos soldados que le obedecen fielmente, por decir lo menos de... —dijo Gabriel en forma sarcástica.

—Coronel de la Armada Norteamericana –completó sonriente y amable, en forma automática, a la indirecta de Gabriel.

Una vez abandonado el auditorio, habiendo recibido efusivos saludos de todo el que había presenciado la ponencia, Antonia, el coronel Luce y Gabriel caminaron un par de cuadras, seguidos por los escoltas militares, hasta encontrar una solitaria *kneipe,* cercana al Instituto Tecnológico de Karlsruhe, en la que solo había, aparte del barman, dos ancianos que bebían cerveza, mientras miraban en un pantalla plana un juego de la Bundesliga.

Se sentaron en una mesa aislada del lugar y ordenaron tres cervezas.

—Bueno, señor Luce, usted dijo que era el esposo de Josefina Cantarrana. Explíqueme un poco, para descartar la sospecha de que usted sea mi padre, jajaja –dijo de nuevo con afable e irónico tono Gabriel.

—Bueno, no sé por dónde ni cómo empezar —replico trémolo el coronel—. Sin entrar en detalles, a tu madre la conocí en Colombia cuando trabajaba en una base militar de mi país cerca de la frontera con la SRP.

—¿SRP? —interrumpió Gabriel.

—*Socialist Republic of Petrólea* o República Socialista de Petrólea —interrumpió Antonia, quien escuchaba atenta desde su asiento en la mesa, ubicado en medio de los dos hombres que se sentaron uno frente al otro.

—Ahhh! Ya entiendo...

—Terminamos casados —continúo el coronel Luce— y ahora ella está en nuestra granja, productora de maíz, en el estado de Ohio, al noreste de los Estados Unidos. Desde allá, tu madre indagó acerca de tu paradero y pudimos saber que te trasladaste recientemente hasta aquí gracias al abogado de tu padrastro, quien nos contactó. Lo que jamás pasó por nuestra mente, era que te encontraríamos de esta forma. Como ya te dije, vine aquí a asistir a la secreta presentación del proyecto climático de los Emiratos Árabes Unidos. Soy meteorólogo y, como comprenderás, el proyecto nos es de sumo interés. Antes de proseguir, si es su gusto, está usted cordialmente invitado para que nos visite en la granja que tenemos en Newark en el estado de Ohio.

»Ahora bien —prosiguió el coronel en su impecable español—, mi gobierno está sumamente interesado en su algoritmo para la determinación de las coordenadas de la superficie de la ionosfera y es por ello que, al inicio, fui a buscarlo sin haber previsto que usted era, en efecto, el hijo de mi esposa. Le confieso que al verlo hablar en el estrado, se me disiparon todas las dudas, pues es usted la viva imagen de su madre.

—Bueno, señor Luce, desde el punto de vista estrictamente técnico, usted califica también para el puesto del padrastro, así que no sé quién debe dar la «bienvenida a la familia» si usted a la mía o yo a la suya. —Gabriel, quizá por nerviosismo, no podía abandonar su postura cínica y lapidaria—. Bueno, claro está que se trata de que ustedes me la den a mí pues, con sinceridad, jamás hice alguna pesquisa acerca del paradero de mi madre Josefina. Recientemente mi albacea que, ahora, imagino es el abogado que usted menciona, me comunicó tener alguna información sobre el tema, pero no hemos profundizado sobre ello. Por lo que respecta al algoritmo, se trataría de que me diera usted mayor información acerca de las intenciones de su gobierno para querer utilizar mi algoritmo en el contexto de un programa satelital de control ionosférico. Como pudo informarse, en mi presentación de esta tarde, estamos por viajar hacia la Guayana Francesa y...

Antes de que continuara, el coronel Luce lo interrumpió diciendo:

—Nuestro gobierno ha sido invitado por el califa para presenciar el lanzamiento del cohete en Kourou, de modo que tendremos oportunidad de hablar más profundamente sobre estos temas. Así que, señor Cantarrana, me imagino que usted debe ocuparse de su próxima partida que, si no me equivoco, es mañana, por lo que le agradezco el tiempo que me ha dedicado...

—Tiene razón el coronel —interrumpió Antonia—. Tenemos muchas cosas que preparar para el viaje del señor Cantarrana.

Se despidieron del coronel y caminaron en medio de la gélida noche hacia el estacionamiento del auditorio para subirse a la furgoneta.

Durante el trayecto hacia la casa de Gabriel, tanto Antonia como él, permanecieron en silencio y, justo al detener el automóvil frente a la casa, Antonia le entregó a Gabriel una pequeña cava diciéndole:

—Gabriel, por favor, perdona el atropello, pero antes de que viajemos a la Guayana Francesa necesito que me suministres una muestra de tu semen para efectos de guardarla en el banco criogénico de semen de la Universidad de Hamburgo que es sede del consultorio del doctor que adelantará la inseminación de mis óvulos. Dentro de esta cava encontrarás un pequeño recipiente de plástico transparente con tapa. Allí necesito que evacues una muestra de semen que luego dejaras ahí mismo en la nevera de la casa. Mañana, después de que partamos, mi madre pasará por ella y la hará llegar al banco de semen.

Gabriel, con ojos casi desorbitados, le manifestó su enorme sorpresa por la petición. Antonia, quien con su cautivadora sonrisa no esperó respuesta, arrancó la furgoneta, dejándolo parado solo frente a la casa sosteniendo la cava que le había sido entregada.

# Una muestra de tu semen

En el baño, dispuesto a satisfacer la demanda de su nueva amiga, Gabriel revisó el contenido del kit de donación de esperma. Entre ellos había unas instrucciones en alemán, que suscitaron una carcajada al pensar lo que podrían decir aquellas letras, en referencia a cómo producir una buena y abundante eyaculación. No podía imaginar los sofisticados tecnicismos empleados en aquel manual para describir las acciones que conducirían a una exitosa donación de esperma. Sus secretos conocimientos del idioma alemán se limitaban a un uso coloquial, distante del alemán escrito. Se puso los guantes de látex, que venían incluidos en el equipo desechable, y comenzó a manipularse el miembro, tal como lo sugerían los fríos dibujos descriptivos de la operación. Como virgen, que aún era el joven Gabriel, sus pensamientos sobre el acto sexual eran imágenes de fantasías sexuales, basadas en la desnudez del cuerpo femenino y jamás asociadas a la simulación mental de algún tipo de contacto físico. Gabriel aceptaba, en la intimidad de su pensamiento, que Antonia le atraía físicamente pues se trataba de una mujer muy bella.

Antes de la exposición en el auditorio del instituto, Gabriel le pidió a Antonia que le guardara la bufanda en la enorme cartera de cuero para evitar perderla y, cuando finalmente se despidieron, ella se la devolvió en la puerta de la casa, impregnada del olor de su amelonado y característico perfume. Así que, antes de comenzar con la operación de emisión, envasado y etiquetado de semen, totalmente desnudo, se puso la bufanda, para tener presente su fragancia mientras se masturbaba.

Ya en la cama, después de haber seguido las instrucciones de envasado y etiquetado de la muestra, Gabriel pensaba en su madre que ahora resultaba estar casada con un oficial de la Marina norteamericana. En su mente el tema propiciaba vertiginosas relaciones que le conducían a afianzar la idea de que la cósmica providencia lo había dispuesto todo para involucrarlo en una trama, en la que su madre biológica le daba entrada a las alturas del poder en materia de dominio tecnológico del clima del planeta.

El señor Sonntag le había advertido en innumerables ocasiones que, era menester imprescindible, el uso de su algoritmo solo debía estar inscrito en el contexto exclusivo de necesidades estrictamente humanitarias, como las que, por ejemplo, el proyecto de los Emiratos Árabes Unidos planteaban. De hecho, las primeras gestiones con los árabes, las había iniciado el señor Karl, mientras esperaba la muerte. La patente registrada prohibía su uso bélico, lo cual siempre sería evidente, pues involucraba un aparatoso e inocultable movimiento de recursos que, tarde o temprano, terminarían por delatar las intenciones de potenciales socios. Por ello puso a las autoridades alemanas al frente de la tarea de hacer respetar esta condición en la patente de uso tecnológico del algoritmo y de toda la tecnología asociada a él.

Sospechaba, por todos los signos evidentes emanados de aquel encuentro tras bastidores, que las intenciones del gobierno norteamericano eran belicistas y, más aún, que aquellos oscuros fines, tenían que ver con la actividad de las bases norteamericanas en Colombia. Eso le hacía especular, con cierto nivel de certidumbre, que la dictadura de su país, encabezada por Nicanor Madeira al frente de la Republica Socialista de Petrólea, era el objetivo del coronel Jim Luce al entablar conversaciones con él.

Gabriel odiaba la dictadura y deseaba que la gente de su país se pudiera zafar con éxito de la banda de malhechores corruptos que se había adueñado de él y de sus riquezas. Pero estaba consciente de que, por la forma en la que se estaban desarrollando los eventos de la geopolítica internacional, Madeira se atornillaba aún más en el gobierno, beneficiado por la inconveniente proyección nacionalista del gobierno de los Estados Unidos hacia el mundo. Era como si el gobierno de Petrólea surfeara con éxito sobre turbulentas olas de una costa multipolar, en la que China y Rusia eran sus distantes aliados.

Mientras tanto, la clase gobernante del país se atrincheraba sobre la venta de «contrabando» de nuevas riquezas, como el oro, los diamantes y el coltán, legitimando sus acciones frente a una parte del mundo, bajo el pretexto de estar bloqueados por el imperio capitalista de los Estados Unidos, al tiempo que la población se moría literalmente de hambre.

Recientemente había leído sobre la sospecha de que manejos turbios y macabros cubrían con un velo de total desinformación las actividades del gobierno de Madeira en el llamado «Arco Minero», territorio en el que se realizaba la extracción secreta de minerales preciosos. El caso mencionaba la desaparición, un par de años atrás, de un grupo de expedicionarios de la revista *National Geographic* y, en días recientes, se había filtrado la noticia de que una posterior expedición de la empresa televisiva emprendería la búsqueda de los científicos perdidos, con la finalidad de hallar información sobre el paradero de los integrantes de la expedición de cinco científicos.

Todas estas ideas volaban a velocidad vertiginosa en la atribulada cabeza de Gabriel, hasta que pudo quedarse profundamente dormido.

# Masacre en el Amazonas

a hojarasca le cubría totalmente la cara mientras su cuerpo se hundía lentamente en el tremedal. Sintió sus pies posarse sobre lo que parecía una roca que detenía el hundimiento en aquel pantano salvador. Se tranquilizó al ver que ya no descendía más dentro del viscoso humor que la rodeaba por completo. Con los brazos pudo reunir suficiente camuflaje para cubrir su cabeza con hojas y ramas, al escuchar el husmeo de la tropa militar asesina, que aún buscaba sobrevivientes para ajusticiar en el acto. No podían quedar testigos de aquella masacre, pues ello podría detonar una invasión militar a Petrólea por crímenes de lesa humanidad.

Françoise Machery era una antropóloga que había llegado a Petrólea, meses atrás, junto con un equipo de National Geographic. El objetivo de su visita al convulsionado país aparentaba ser un estudio entomológico sobre la supuesta aparición de una nueva especie de araña, familia de la araña Goliat, en territorio de las tribus warao, en el delta del rio Orinoco. Sin embargo, el objetivo encubierto del equipo de especialistas internacionales era el de investigar la veracidad de graves denuncias de genocidio en el territorio denominado por las autoridades petroleanas, como «Arco Minero»: una zona por completo militarizada, dividida en múltiples áreas, de acuerdo a sus potenciales extractivos de oro, diamantes y coltán, respectivamente, en las que imperaba la ley marcial sobre las tribus indígenas que, desde tiempos inmemoriales, vivían libremente en ese territorio.

Françoise ya había participado en un polémico estudio, de similar naturaleza, realizado en Liberia, que terminó exponiendo estridentes evidencias de una cruenta guerra por el control de los yacimientos estratégicos.

Françoise y su equipo habían logrado burlar los estrictos controles que impedían el libre tránsito en el Arco Minero, navegando en forma clandestina por el rio Orinoco, hasta llegar al selvático territorio warao, de muy difícil acceso, incluso para los comandos militares encargados de vigilar la zona.

Las denuncias alertaban sobre masacres de algunos pueblos indígenas, que se habían negado a desplazarse de sus asentamientos para dar paso a la cruenta explotación minera. De modo que la presencia de este equipo de investigadores podría comprometer seriamente la legitimidad internacional del gobierno de Petrólea.

Inicialmente, los arrojados científicos habían pasado desapercibidos ante la vigilancia celosa de las autoridades militares y paramilitares del sector, hasta que fueron denunciados por un miembro de la comunidad indígena que los escondía, a cambio de alguna generosa prebenda de parte de los comandantes militares apostados en la zona.

Para evitar fuga de información, inconveniente a los intereses gubernamentales de Petrólea, las autoridades del Arco Minero enviaron un comando de treinta efectivos militares con la finalidad de controlar totalmente, a «todo coste» el flujo de información que pudiera salir del protegido territorio.

Françoise logró mantenerse inadvertida por los soldados y, muy entrada la madrugada, pudo salir del tremedal para caminar en dirección hacia la frontera con territorio Esequibo.

Ella estaba en posesión de un chip de memoria gráfica de una de las cámaras del equipo que mostraba cómo, en forma sorpresiva, el comando militar llegó hasta las chozas de la tribu warao disparando a diestra y siniestra, exterminando totalmente a toda la tribu y al equipo de científicos de National Geographic. Françoise era la única sobreviviente y los soldados sabían de su existencia.

El gobierno de Petrólea, para confundir a la opinión pública internacional, difundió un montaje en el que culpaba a la tribu de tener cautivos a los científicos y de haber practicado el canibalismo con ellos.

Así que, si quería salvarse, Françoise debía llegar sola, por sus propios medios a territorio Esequibo.

# Saliendo del pantano

**M**ientras todo se calmaba y Françoise logró sentirse segura para salir del pantano, pasaron más de doce horas. Durante ese tiempo le fue inevitable entrar en una profunda reflexión introspectiva que la hizo viajar por las reminiscencias de su vida. Ella había logrado el puesto en esa peligrosa expedición, en primer lugar, por la indiscutible experiencia adquirida en Liberia, la cual también se desarrolló en un ambiente sumamente peligroso, sobre todo para una mujer, en países tristemente célebres por la discriminación de género y gobernados por la guerra. La otra razón que la favoreció, enormemente, en la contratación para la expedición a Petrólea, era la de la considerable diferencia en el costo para la empresa contratante, pues los honorarios profesionales de un hombre, comparados con los de una mujer con la misma experiencia académica y de la misma edad, en un cargo de antropólogo de expedición, eran mucho más elevados. En promedio, las mujeres significaban una excelente ocasión de ahorro para la National Geographic, quien, en apariencia, estaba detrás de la expedición.

Recordó que en el momento que comenzó el tiroteo ella se encontraba a varios cientos de metros del campamento científico, que estaba en las adyacencias del caserío warao. Le había llegado el periodo menstrual y se había retirado para lograr la intimidad que requería para su aseo personal. Ella conocía bien el entorno y sabía de la existencia del tremedal que, por casualidad, estaba cercano al pequeño pozo de una quebrada tributante en el rio Orinoco. Los indios le habían advertido que, en el caso de caer en el pantano, se debía evitar ser presa del pánico y actuar con mucha calma, pues ese pantano no era muy profundo y tenía fondo a apenas metro y medio bajo la superficie; es decir, la mejor estrategia era esperar a que el cuerpo fuera tragado por el pantano, hasta que este tocara fondo con los pies.

Apenas escuchó los disparos supo que debía zambullirse en el tremedal y dejar que la cubriera por completo. Al cabo de un par de minutos vio como John Ritter, el camarógrafo de la expedición, corría fatalmente herido de bala en el abdomen, en dirección hacia ella. Cuando la vio cómo se hundía en el pantano, le pasó por el lado y le tiró una bolsa plástica diciéndole: «¡Françoise! Allí está todo filmado, no dejes que te agarren, deja que te trague el pantano» y prosiguió corriendo, adentrándose en la selva. Al poco tiempo los soldados pasaron al lado del pantano, siguiendo el rastro de sangre dejado por el camarógrafo, hasta que se escuchó la detonación de tres disparos.

Françoise, totalmente cubierta de barro y arenilla, entre las ramas y la yesca seca que tapaban su cara, vio como los soldados regresaban cargando el cuerpo inerte de su querido amigo John, hasta perderse en el camino hacia el caserío warao.

Al cabo de horas en el pantano comenzó a sentirse cochina, pues no había podido asearse del flujo menstrual y percibía como se mezclaba con el pantano entre sus piernas. Sin embargo, pensó que, irónicamente, gracias a su condición de mujer «menstruante», característica que, en promedio, la devaluaba en cerca de un veinte por ciento con respecto a los hombres con iguales capacidades profesionales, ella aún estaba viva.

Pasaron las horas y se creyó segura para salir de su húmedo escondite. Era de madrugada y la luna creciente alumbraba sobre el dosel. Fue a la quebrada y se aseó como pudo, volviéndose a poner la ropa húmeda recién lavada. Se adentró un poco en la selva, hasta que escuchó acercarse desde lo lejos un helicóptero que, sospechó, iba tras su pista y se volvió a esconder en una gruta con restos de excremento, probablemente cavada por un animal más grande que ella: un gran felino como el jaguar.

Tenía en su poder una navaja Victorinox, con la que cortó un palo de alrededor de metro y medio de longitud al que sacó punta en uno de sus extremos, para poder enfrentar la potencial llegada del dueño de la gruta. Françoise, hambrienta, logró capturar un par de espinosas pirañas que comió crudas, para evitar delatar su paradero al encender una fogata.

# En el pueblo de Newark

D espués de casarse, Jim y Josefina viajaron a San Diego, dónde Jim trabajaba para la Marina de los Estados Unidos como director del departamento de meteorología. Allí vivieron dos años hasta que lograron, definitivamente, resolver todos los problemas del visado de Josefina en ese país, al obtener la codiciada *green card*, gracias a los poderosos contactos militares del marido en la oficina de asuntos migratorios del estado de California. Al final del segundo año de su estadía en San Diego, tuvieron una hija a quien llamaron, por insistencia de Josefina, Liselotte, en honor a la mujer que le abrió las puertas de la esperanza para iniciar una nueva vida, en momentos en los que la revolución de Petrólea se convirtió en la farsa que después resultó ser.

Con los significativos ahorros de ambos, los Luce-Cantarrana decidieron mudarse al Estado de Ohio a echar raíces definitivas, aprovechando unas tierras que el padre de Jim le había dejado en herencia a él y a su hermano Daniel, en el pueblo de Newark, en territorio agrícola, en la zona central del estado, a apenas unos treinta kilómetros de Columbus, la capital estatal.

El nuevo destino de la épica vida de Josefina la conducía a una región con muy poca migración latina. Una zona con valores culturales retrógrados y ultraconservadores. De hecho, la población de Newark se había convertido en el centro de comercialización de los productos agrícolas de la comunidad amish, lo cual, por una parte, la hacía una ciudad muy pintoresca, pues se constituía en uno de los lugares de mayor exposición de la cultura amish en el mundo de los *Engländer* —que era el término usado por los amish para referirse a la gente con raíces étnicas y culturales fuera de ellos— pero, por la otra, podría convertirse en una pesadilla para quien decidiera llegar como extranjero a tratar de lanzarse los dados del «sueño americano». Los amish de Norteamérica eran el producto del asentamiento de numerosas migraciones provenientes de la Suiza alemana de inicios del XVIII, huyendo de la discriminación religiosa sufrida por esa etnia en aquella sazón. Inicialmente, llegaron al estado de Pensilvania y luego se fueron expandiendo al oeste, hacia el estado de Ohio.

Jim provenía de una familia que, tradicionalmente, lidió con los valores autosegregacionistas de los amish. De hecho, su hermano Daniel se convirtió, por amor, a la religión amish, después de conocer a Miela, la hija de un conocido ministro amish de la región.

Ese era el destino que habían elegido Josefina y Jim para la construcción de su futuro y ambos sabían que la aventura requeriría de mucha fortaleza interior y espiritual para poder encontrar la felicidad en un entorno tan culturalmente agreste para las costumbres y pasado de Josefina.

Sin embargo, las tierras de los Luce eran lo suficientemente grandes, como para poder sentirse protegidos dentro de ellas, aisladas dentro de un microclima independiente, en una enorme granja, operada, en su mayoría, por mano de obra no amish, tradicionalmente proveniente de los entornos cercanos de Newark.

Allí estaba entonces la pareja, con su pequeña hija Liselotte, instalada en Newark en una enorme casa, con más de una veintena de empleados que le labraban la tierra con la finalidad de sembrar maíz y venderlo a la agroindustria, paradójicamente, para la manufactura de comida para cerdos en medio de la hambruna mundial.

Cuando Jim llegó de su viaje desde Alemania le traía la inverosímil noticia a Josefina de haber conocido personalmente a su hijo Gabriel.

# ¿Quién es su padre biológico?

L a primavera se acercaba. El sol se levantaba y, en la mañana, ya se veían algunos brotes de colores por la ventana de la cocina que daba hacia las extensas tierras desnudas de los Luce-Cantarrana que yacían latentes en espera de ser labradas en pocos días. Jim acababa de llegar de su viaje a Alemania y, mientras Josefina le preparaba café, cargaba a la pequeña Liselotte, quien le sonreía efusiva, contenta de ver de nuevo a su padre.

—¿A que no adivinas a quién conocí en Karlsruhe? Nunca lo adivinarías –dijo Jim mientras le hacía morisquetas a la pequeña.

—Pues no tengo la menor idea de a quién pudiste haber conocido en esa ciudad y que, simultáneamente, pienses que yo pueda estar interesada en saberlo. ¿A Nicanor Madeira? –respondió Josefina con cara de fanfarria fallida.

—Pues nada más y nada menos que a… —Jim alargó el suspenso, tirándole una ruidosa trompetilla a Liselotte, a la que ella respondía con una contagiosa carcajada— Gabriel Cantarrana, tu hijo —terminó de largarle en la cara a Josefina.

—¿¡Cómo es la vaina!? Déjate de bromas de mal gusto, tú sabes lo mucho que me duele no saber de él, para que ahora vengas a jugar con la puñalada que me acompaña desde que lo abandoné en Mucurubá —dijo en tono enojado Josefina. Ese era un tema que a ella la ponía muy triste y le molestó que, llegando del viaje, se lo hiciera recordar, entristeciendo la bienvenida después de la corta ausencia de su marido.

—Cálmate, Josefina, que lo que te estoy diciendo es cierto. Conocí a tu hijo en Alemania. Verlo a él es verte a ti. Es increíble el gran parecido que tiene contigo. Lo vi parado frente a un selecto auditorio, con gran aplomo, haciéndonos una presentación de tecnología de vanguardia a la cual mi gobierno me envió para que asistiera por invitación oficial del gobierno de los Emiratos Árabes.

—¿¡Quéééé!? —respondió josefina con el filtro de café en la mano mientras intentaba meterlo en la cafetera.

—Pues tu hijo se ha convertido en un prodigio de la física aplicada y su aporte podría tener gran utilidad en las actividades de la base militar colombiana en la que te conocí, querida. Por eso me envío el Pentágono a Karlsruhe.

—¿Me estás diciendo que mi hijo perdido puede ayudar a sacar al dictador Madeira del poder?

—Pues no es eso exactamente lo que te estoy diciendo, pero puede resultar cierto —replicó Jim, mientras sacaba su celular del bolsillo— aquí lo tienes, no permitían sacar fotos en el auditorio, pues era una presentación secreta, pero después lo busqué y lo invité a tomarnos una cerveza. —Le entregó el celular a Josefina después de haber manipulado hábilmente el aparato con una sola mano mientras con la otra sostenía a su pequeña hija que reía sin cesar.

—¿Este es Gabriel? —preguntó aún incrédula Josefina—. ¡Carajo, Jim!…, tienes razón se parece a mí y sí, este es definitivamente Gabriel, pero lo más sorprendente aún es que al verlo se me disipan todas la dudas de quién es su padre biológico.

# Mamadou Diouf

El lanzamiento del Ariane 6 estaba pautado para las 4 a.m., en hora local del Centro Espacial de Kourou de la Guayana Francesa. Los curiosos acampaban en las inmediaciones de la base para presenciar el histórico primer lanzamiento del nuevo cohete. El ambiente era festivo y la patrulla militar debía incautar toda bebida alcohólica en los campamentos improvisados en las zonas aledañas a la base. Desde el comedor industrial de la base emanaba un exquisito olor a curri que se adueñaba del olfato de todos. Los lanzamientos espaciales de la ESA (European Space Angency) suelen ocupar a más de mil quinientas personas que, durante el día del lanzamiento, tienen prohibido abandonar las instalaciones. De esas personas, solo unas doscientas pernoctan allí, el resto es personal itinerante que está sometido a severas medidas de control preventivo de eventos indeseables en Kourou.

Gabriel tenía una pequeña habitación en el ala de alojamiento para personas vip de la base, que quedaba muy distante de las instalaciones del comando central de operaciones de los lanzamientos. A medio camino entre la zona de alojamientos y las instalaciones operativas de Kourou estaba el enorme comedor, dotado de ventanas panorámicas para hacer posible la cómoda observación de los lanzamientos desde allí. Había estado muy ocupado en la instalación del *software* que llevaría el algoritmo de computación cuántico, alojado en el computador que sería lanzado pronto al espacio. Antonia lo acompañaba a todas partes para servirle de traductora del castellano al francés.

Durante su estadía en la base, Gabriel había hecho muy buena amistad con el chef de la cocina industrial, el espigado Mamadou Diouf, oriundo de Senegal, quien había emigrado desde muy pequeño a Francia, junto con su madre Mariama y su pequeño hermano Ousmane. Los tres llegaron a Europa cruzando el Mediterráneo en una pequeña balsa artesanal; el padre, Mousa, había muerto trabajando en una mina de diamantes, bajo condiciones muy crueles, sin embargo, antes de morir, había logrado llevarle a su familia tres pequeños diamantes rosados que significaron el único capital de la familia cuando finalmente pudieron llegar a París. El chef Mamadou hablaba muy buen español y, al terminar la jornada de trabajo, solía reunirse con Gabriel y Antonia en la terraza del comedor, para disfrutar de largas conversaciones en torno a la vida de los tres.

Durante los días previos al lanzamiento del cohete, Mamadou había estado muy ocupado cocinando para la gran cantidad de gente que comía en el comedor, su reputación de chef estaba en juego.

En cada pasillo había un reloj digital que marcaba el conteo regresivo hasta el momento del lanzamiento. La noche anterior al suceso, los tres miraban hacia las estrellas sentados en la terraza. Mamadou daba algunas instrucciones a sus asistentes en la cocina que, de vez en cuando, se acercaban a la mesa para recibirlas del gentil Mamadou. 27.554...27.553...27.552

Mamadou contó que su hermano Ousmane, un par de días atrás, lo había llamado sorpresivamente para informarle que lo visitaría pronto. Ousmane era el orgullo de la familia pues había logrado graduarse, con honores, de médico en la Sorbona. Después de graduarse entró a la organización «Médicos sin Fronteras» y trabajaba en un buque hospital francés, que viajaba por el mundo atendiendo zonas de guerra.

El plato principal del menú el día del lanzamiento, sería *Yassa au poulet*, una exquisita receta senegalesa de pollo guisado acompañado de *cous cous*.

# 5, 4, 3, 2, 1, 0,.. ¡Ignition!

**1** 5 340, 15 339, 15 338… El reloj digital de la pared central del comedor marcaba a paso marcial el camino hacia el despegue. Esa noche era obvio que no dormirían. Ya eran las 11:24 de la noche y solo faltaban poco más de cuatro horas para el lanzamiento.

Mamadou tenía todo controlado para el desayuno y ya, tanto el almuerzo y la cena, estaban encaminados. Aun cuando el alcohol era absolutamente prohibido dentro y fuera de las inmediaciones de la base de Kourou, el cargo de chef principal implicaba ciertos privilegios que el cocinero sabía utilizar. De vez en cuando Mamadou sacaba una *carterita* platinada llena de fino coñac y les ofrecía a Gabriel y a Antonia un trago para calentar el cuerpo en medio del frío, propiciado por el potente sistema de aire acondicionado central de la base de Kourou.

Absolutamente todos en la base estaban a la espera. Unos hablaban en la terraza, otros jugaban cartas y la mayoría veía una película en el enorme *plasma* del comedor.

Después de una ronda de tragos, todos quedaron absortos y en silencio hasta que Gabriel preguntó mirando directamente a Mamadou:

—¿Y a qué se debe la visita de tu hermano?

—¡Uf!, esa es una historia increíble, amigo Gabriel. Ousmane viene a buscar a su compañera que está perdida en la selva de tu país. No sé si has escuchado en las noticias sobre una expedición de National Geographic desaparecida en la selva de Petrólea. Las autoridades militares hablan de unos restos que les serán entregados a los familiares de las víctimas, identificadas a través de pruebas de ADN aplicadas sobre los cadáveres. Sin embargo, entre los cadáveres no se encontraba el de su novia Françoise. Mientras tanto, él está totalmente seguro de que ella sigue viva y dice que sabe dónde podría estar.

—¡Caramba! Qué historia tan triste y a la vez, emocionante, cómo me gustaría conocer a tu hermano y oírla de él.

—Él llega en dos días de modo que podrás conocerlo porque, según entiendo, ustedes se quedaran unas semanas más aquí.

—Es cierto, al menos tres semanas, para afinar unas cosas en el satélite que está por despegar hoy.

Transcurrieron las horas faltantes, hasta llegar los segundos cruciales que delataban la premura de los acontecimientos por la emisión de vapores, cada vez más abundantes y sonoros, desprendidos desde la parte inferior del cohete… 5, 4, 3, 2, 1, 0,.. *¡Ignition!*

Partió la nave hacia el cenit, describiendo una trayectoria ligeramente inclinada hacia un lado. Todo había salido perfectamente. Transcurrieron apenas veintitrés minutos desde que el cohete despegó hasta que el satélite Tláloc 5 comenzó a desplegar sus enormes paneles solares.

Ahora faltaba ubicarlo correctamente, en posición geoestacionaria, en una órbita compatible con los cuatro satélites previamente lanzados por el proyecto Tláloc. Una vez articulado el funcionamiento del algoritmo de Gabriel la humanidad estaría ingresando a la era del control eficiente del clima, lo cual anticipaba el comienzo de lo que algunos científicos llamaban «el capitalismo climático». Es decir, los tiempos en los que la dinámica económica podría ser acelerada con el control del clima planetario.

# Soy Sáwaro, nací un sábado

Françoise estaba hambrienta. Caminó durante la noche mientras hubo luna suficiente para hacerlo. Pasaba el día escondida entre el follaje de la selva al margen del Orinoco. Recordaba a su novio Ousmane Diouf, con lágrimas en los ojos. Se arrepintió por no haberle hecho caso en hacerse inyectar, bajo la piel, una nanocápsula de ubicación satelital, antes de partir hacia Petrólea. Un dispositivo GPS tan diminuto, que era posible inyectarlo con una jeringa especial bajo la epidermis. Ousmane, en una oportunidad, le llevó el mencionado dispositivo y le ofreció inyectárselo, pero ella se negó tercamente.

Durante ese mismo encuentro, Ousmane le regaló el último modelo de navaja del ejército suizo, producido por la empresa Victorinox. Lo que Françoise no sabía era que su novio era más terco que ella, pues nunca le dijo que esa navaja llevaba incrustada una nanocápsula similar a la que le había propuesto inyectarle. Así que él había estado siguiendo la ubicación de la navaja, desde que el gobierno de Petrólea anunció el hallazgo de los cuatro cuerpos sin vida de la expedición de la National Geographic, en territorio del celosamente vigilado Arco Minero.

Una mañana, al despertar, Françoise encontró a su lado un pedazo de carne asada. Asustada se incorporó en cuclillas, tratando de detectar a su alrededor quién le había dejado aquel suculento manjar. Tenía tanta hambre que no le importó el origen de la ofrenda comestible y comenzó a rasgar con los dientes la carne de la presa chamuscada por el fuego, que era más grande que un muslo de pavo. Sus conocimientos de antropología le decían que aquello que se estaba comiendo era carne de algún primate de pequeño tamaño. En el caserío warao ya le habían ofrecido carne de mono y la había rechazado, por nada más pensar en el pobre animal, pero en esta oportunidad se la comió sin escrúpulos, no albergando duda alguna acerca de si aquello que hacía era bueno o malo. Después de tanto ayuno forzado, podía sentir cómo las células de su cuerpo se alimentaban al tragar cada bocado de mono. De pronto, mientras le arrancaba un buen pedazo de carne al hueso de la presa que tan gustosamente devoraba, su mirada logro ubicar, frente a ella, a un joven indio que la vigilaba sonriente, escondido entre los arbustos, a pocos metros de ella.

—¡*Najorokitane!* ¡*Najorote,* doña! —le dijo sonriente el muchacho.

Françoise tenía nociones básicas de warao, aprendidas durante sus estudios de antropología, y sabía que el muchacho le ordenaba comer. Se tranquilizó y trató de mostrarse tranquila ante el descubrimiento de no estar sola. El muchacho se acercó a ella y se flexionó en cuclillas justo a su lado.

—La vengo siguiendo, señora —le dijo en español el indio, que iba descalzo, vistiendo pantalones cortos rojos y una desteñida franela azul en la que podía verse el logotipo de la Goodyear. En la mano llevaba una cerbatana y al dorso le colgaba un bolso tejido de moriche—. Yo era de la tribu que mataron junto a sus amigos —prosiguió el adolescente—. Yo cazaba y cuando regresé al caserío estaban los guardias abriendo un enorme hueco en la tierra para meterlos a todos. Después la vi a usted y desde entonces la sigo para protegerla. Los soldados la están buscando y es mejor que nos adentremos en la selva para hacerles la cosa más difícil a esos asesinos.

—¿Cómo te llamas? —preguntó Françoise.

—Sáwaro, así me llamaron porque nací un sábado.

# Dos buenos compañeros de viaje

Sáwaro convenció a Françoise de seguir en curiara por los afluentes del gran rio, una vez que le mostró la que él tenía oculta a orillas del Orinoco. La cantidad de lanchas militares patrullando en busca de la antropóloga perdida había aumentado y si seguían exponiéndose, tarde o temprano, serían encontrados.

Los hombros y brazos de Françoise estaban llenos de picaduras de mosquito y a Sáwaro le preocupaba que, en cualquier momento, ella comenzara a mostrar los síntomas de algunas de las enfermedades relacionadas con las picadas de los insectos, como por ejemplo, el paludismo, el dengue y el mal de Chagas. Enfermedades que se habían multiplicado considerablemente como consecuencia del calentamiento global. Y, en específico, en el Arco Minero, la irrupción devastadora de la actividad de extracción las estaba desplazando y propagando peligrosamente hacia las ciudades cercanas. Durante las noches la plaga era insoportable. Afortunadamente, Sáwaro preparó un ungüento repelente de insectos, a base de la grasa del mono que había cazado en días anteriores, mezclado con la ceniza de sus fogatas y unas hierbas machacadas que aliviaban la molestia de las picaduras. Al untárselo, Françoise sintió un gran alivio, pues el ungüento realmente alejaba la plaga y desinflamaba las picadas de su piel. No obstante, el olor de la mixtura era en realidad repugnante.

Françoise y Sáwaro se fueron haciendo buenos compañeros de viaje. El muchacho era testigo viviente de las nefastas prácticas genocidas del ejército petroleano en la denominada zona del Arco Minero. Su tribu no había sido la única en haber sido pasada por las armas por haberse negado a trabajar, por un mísero salario, en la actividad extractiva de los minerales que allí había en grandes cantidades. Simplemente, al oponerse a trabajar y retirarse a sus caseríos, durante las noches y en forma sorpresiva, hacían aparición comandos asesinos con la misión de no dejar a ninguno vivo para hacer escarmentar a toda la población indígena que hacia vida en los territorios selváticos de las áreas controladas por el ejército de Madeira.

El bloqueo naval y financiero del que era objeto la República Socialista de Petrólea, había convertido al Arco Minero en la principal fuente de ingresos de la dictadura, de modo que su celoso control era cuestión de vida o muerte para la continuidad de la tiranía de Nicanor Madeira.

Era muy importante salir con vida de los territorios del Arco Minero, pues Françoise estaba segura que con el testimonio contenido en la memoria sim, que su difunto compañero de expedición, John Ritter, le había encomendado con la tácita orden de lograr su masiva difusión, podría iniciarse una campaña reivindicativa de la causa indígena del Arco Minero, que podría significar el fin de la tiranía para todos los petroleanos. En esa campaña, el testimonio directo de Sáwaro iba a ser de vital empuje para el logro del objetivo. De modo que ambos tenían que escapar con vida y llegar al delta del Orinoco desde donde les sería más fácil escapar del país, rumbo a Trinidad y Tobago o hacia el Esequibo.

Françoise ignoraba que un comando militar especial del ejército francés estaba siguiendo la pista del GPS instalado en su navaja suiza y que, en pocos días, ella y Sáwaro serían salvados de las garras del régimen genocida. Finalmente pudieron escapar en un helicóptero en el que venía su novio Ousmane acompañado de ocho fornidos y bien armados soldados, expertos en misiones de rescate.

Que susto pasaron Sáwaro y Françoise cuando aquella noche, mientras dormían profundo, intempestivamente bajaron desde los helicópteros, colgando de sogas, ocho militares para rescatarla. Al principio solo se la llevarían a ella, pero después de negarse a ser rescatada si no hacían lo propio con Sáwaro, aceptaron incluirlo y, al final, el compañero de Françoise también fue montado en el helicóptero.

Los abrazos aderezados por el sudor, las lágrimas y la crema repelente, alegraron la vida de los novios Ousmane y Françoise, quienes viajaron junto a Sáwaro a la Guayana Francesa, hasta la base espacial de Kourou.

# El procedimiento fue un éxito

En Karlsruhe, Ángela, la madre de Antonia, llevó, por encomienda de su hija, el material genético donado por Gabriel la noche antes de partir hacia Kourou, a la consulta del doctor que haría la inseminación artificial y la implantación del óvulo fecundado en un vientre subrogado. Ya todo estaba acordado entre Antonia y el especialista, quien procedería apenas recibiera las muestras de semen criogenizado en forma casera, gracias al kit de donante que Antonia le suministró a Gabriel.

Por su parte, Norbert Ohm, el ex novio de Antonia, no había viajado a Kourou junto con Antonia y Gabriel y se quedó en Karlsruhe, afinando algunos aspectos relativos al proyecto Tláloc. En esos días de distancia de su antigua compañera, había comenzado a sentirse confuso acerca de su decisión de separarse de ella y procuró hacérselo saber por vía telefónica llamándola diariamente a Kourou. Le propuso volver a juntarse bajo promesas de amor eterno. Antonia, por su parte, le mantuvo en secreto a Gabriel las súplicas telefónicas de Norbert Ohm y que ella estaba dispuesta a darle una nueva oportunidad.

Ángela estuvo muy pendiente de las noticias del lanzamiento del satélite, pero no vio nada en los noticieros. Imaginó que se trataba de asuntos privados y secretos entre los gobiernos. Sin embargo, le llamó mucho la atención una noticia que le había dado la vuelta al mundo: el caso de la antropóloga francesa que había sido rescatada por las fuerzas especiales del ejército francés, en las selvas de la República Socialista de Petrólea, después de haber huido de una masacre ejecutada por el sanguinario ejército petroleano, en la que murieron sus compañeros de expedición de la National Geographic y todos los habitantes del caserío en el cual llevaban a cabo la filmación de un documental. Meses antes, el gobierno de Petrólea había entregado los restos de cuatro cuerpos a las autoridades del gobierno francés, informando que se había tratado de un acto de canibalismo que el ejército había descubierto en el Arco Minero, obligándolo a irrumpir por la fuerza para enfrentar a los presuntos caníbales. Por otra parte, las agencias de noticias también señalaban que la antropóloga, Françoise Machery, tenía pruebas contundentes de la falsedad de aquellas acusaciones y que pronto daría una rueda de prensa para revelar los verdaderos hechos.

Simultáneamente, el gobierno petroleano, en boca del mismísimo Nicanor Madeira, desmentía de antemano las acusaciones a las que era sometido el ejército de su gobierno.

Para el momento de las declaraciones de la Dra. Machery, ella y un indio adolescente que la acompañó durante el escape por los ríos del delta del Orinoco y que también había sido rescatado por los soldados franceses, se encontraban en una base aérea militar de la Guayana Francesa pero no se hacía mención de Kourou.

Un par de días más tarde le informaron telefónicamente a Ángela que el procedimiento de inseminación del ovulo de Antonia con el semen de Gabriel y posterior subrogación de vientre, habían sido todo un éxito.

Gabriel iba a ser padre, en forma similar a como probablemente lo había sido la santísima Virgen María: ¡inmaculado!

# Cierta euforia xenofóbica

C on el presidente Trump gobernando, el planeta entero se resintió debido al retroceso en materia de política ambiental. Después de haber frenado el crecimiento de los gases de efecto invernadero, como consecuencia del compromiso asumido por los países del mundo en la declaración de París, en el 2015, desde el año 2018 se revirtió la tendencia a la disminución de estos peligrosos residuos humanos de la combustión dinamizadora del mundo. Todo ello amparado por la tozuda negación oficial de que el mundo se dirige al caos climático total. El ritmo de los acontecimientos estaba conduciendo al planeta hacia una reducción drástica de la población, como secuela de ignorar el calentamiento global.

La desertificación de enormes territorios del planeta, aunada a la inundación de otros, estaba beneficiando a quienes manejaban el capital financiero de la reconstrucción inducida tras los desastres ambientales.

Sin embargo, los acontecimientos no se podían ocultar, pues el resultado redundó en un mayor empobrecimiento y desolación de la mayor parte de la población la cual comenzaba a alzar la mirada irreverente en contra del *status quo*.

En los Estados Unidos de Norteamérica esa sensación de vacío moral invadió a vastos y variados sectores de la población. El «muro» los había aislado dentro de su propia mazmorra nacionalista y ahora la mayoría comenzaba a sentirse asfixiada, presa en la espuria libertad de aceptar la destrucción del planeta como nueva faceta del *american dream*. El bienestar social era cada vez más grotesco, opulento y elitista para quienes detentaban cada vez mayor riqueza a costa del genocidio encubierto del mundo.

En algunas partes del país ese caldo nacionalista y obtuso, aislado ilegítimamente del resto del mundo, comenzó a derivar en el aumento de popularidad de líderes retrógrados. En el estado de Ohio las cosas habían adoptado el sorpresivo desenlace de poner en la oferta de candidatos para la jefatura de ese estado a un obispo de la religión amish, llamado Eitán Rosenkranz. La campaña por las elecciones estatales había tomado un cariz muy particular. Se mezclaba el nacionalismo, lo ecológico y lo religioso en un solo candidato que ofrecía, al público electoral, la posibilidad de un voto de protesta en contra de la vertiginosa tendencia destructiva de la humanidad, sin renunciar al nacionalismo exacerbado aderezado con el obscurantismo religioso.

Josefina no tenía ningún interés en esos temas, pero Jim siempre le decía que tenía un mal presentimiento sobre lo que podría pasar en el entorno cercano de Newark. Había percibido cierta euforia xenofóbica entre los amish que proclamaban a su candidato, haciéndole temer por las consecuencias que pudiera tener sobre la seguridad de su esposa y los empleados, la mayoría latinos, en la hacienda.

Mientras, cómodamente sentados en la sala de la casa veían las noticias sobre el caso de la antropóloga francesa y el indio warao que habían logrado escapar milagrosamente de las garras del ejército petroleano, Jim caminando hacia la nevera para tomar una cerveza dijo:

—No te extrañe si tenemos que pensar en vender todo para irnos a vivir a otra parte.

# Daniel, el hermano amish de Jim

Daniel, el hermano amish de Jim, estaba como desesperado, encerrado en el cuarto de huéspedes de los Luce-Cantarrana. Jim lo había ido a buscar la noche anterior a la estación de autobuses de Newark, después de que lo llamara sorpresivamente desde allí. Daniel había obtenido el repudio de la comunidad amish luego de que manifestara su desacuerdo con la campaña del obispo Ethan Rosenkranz, padre de su esposa Miela, a quien amaba profundamente y con la que tenía cinco hijos pequeños. No pudo esconder su rechazo hacia lo que estaba viendo entre los amish y decidió enfrentarlo abiertamente.

Su esposa, en forma aparentemente sumisa, había aceptado el repudio de la comunidad hacia su esposo, plegándose inicialmente a las órdenes de su acartonado padre, regresando a la antigua casa en la que había nacido y crecido. Pero todo había sido acordado entre ella y su esposo Daniel, mientras tomaban la decisión de huir con sus hijos a hacer su vida lejos del entorno amish.

Josefina estaba preocupada por su cuñado y le pidió a Jim que lo llamara a la sala para acompañarlo. Le tocaron la puerta varias veces hasta que, por completo aturdido con los golpes, finalmente les abrió.

—Ven a acompañarnos a la sala, no estés solo. Llevas todo el día echado. Tienes que levantarte.

Daniel asintió con la cabeza y los acompañó a la sala. El hombre apestaba, su convivencia con los amish lo había acostumbrado a no usar desodorante y desde que llegó a la hacienda de su hermano no había tomado un baño. Jim prefirió no decirle nada para que viniera directamente a la sala con ellos. Al llegar a la sala, Jim le guiño el ojo a Josefina quien entendió inmediatamente la señal de su marido al tiempo que este decía:

—Entendemos que estás muy deprimido por tu situación, pero es algo que lentamente debes aceptar, pues fue tu decisión la de convertirte a los amish. Por otra parte, estoy muy orgulloso por tu valentía de confrontar lo que, según tu propio criterio, no es correcto, aun cuando eso significó que te alejaran, en contra de tu voluntad, de los que más quieres, que son tu mujer y tus hijos. Lo que no entiendo es la posición de Miela.

—Ella está esperando el momento propicio para seguirme, así lo acordamos antes de salir de allí. Es algo que tengo que resolver, es decir, cómo acercarme hasta allá para sacarla a ella y a mis hijos de las garras de su padre —respondió Daniel.

—Aquí pueden venir —dijo muy discretamente Josefina, pero Daniel le respondió:

—Gracias, pero este es el lugar más obvio y sé que enfrentarse a las decisiones del consejo amish puede ponerlos a ustedes en riesgo. Tenemos que pensar bien cómo hacerlo.

A lo cual Jim agregó:

—Bueno, sabes que aquí eres bienvenido y te puedes quedar todo el tiempo que quieras y necesites. Cuenta con nosotros para lo que sea necesario. Cambiando de tema… Josefina, esta tarde recibí un mail del Pentágono en el que me ordenan viajar a Kourou para continuar las negociaciones con la gente del proyecto Tláloc. Eso quiere decir que parto mañana al Pentágono para recibir instrucciones más precisas. Según tengo entendido tu hijo Gabriel está allá. De modo que tendré oportunidad de verlo de nuevo. ¿Quieres mandarle alguna foto tuya con alguna nota para entregarle?

# ¡Carrrrrajo, muchachita!

La agenda diaria de Liselotte, una vez que logró recluir con todas las comodidades a Josefina en la posada Los Sauces, incluía una visita diaria a la muchacha en la que le llevaba frutas, algún plato de carne de pollo o de res, mucho berro y espinaca. Su pensión alemana, de 1800 euros mensuales, le permitía conseguir cualquier cosa, a pesar de la aguda escasez que se vivía en Petrólea.

En aquel entonces, mientras la moneda petroleana se devaluaba diariamente, los ingresos de su pensión en la moneda nacional del sacudido país, crecían más rápidamente de lo que lo hacían los precios, por lo que cada vez podía ser más generosa con Josefina. Le compraba ropa al futuro bebé, del cual ya sabían su género, pues les fue revelado por el más sofisticado obstetra de la ciudad de Mérida, con quien Josefina, gracias a Liselotte, chequeaba la evolución de su embarazo en compañía de su generosa benefactora. Todo esto sucedía a espaldas del señor Karl, pues su esposa le ocultó, inicialmente, su plan de criar al niño. Era un secreto muy bien guardado entre Liselotte y Josefina, y todavía Lilo no había planeado la forma de propiciar la adopción sin que su marido supiera que se trataba de un sesudo plan que se cocinaba desde varios meses atrás, cuando la adolescente le ofreció sus servicios sexuales mientras él la llevaba de pasajera en «La Pantera», después de haberla recogido en «La Vuelta de Lola», rumbo a Mucurubá.

A pesar de todas las circunstancias Josefina era muy afortunada, al considerar la cantidad de niñas adolescentes de Petrólea que, engañadas por las dádivas del tirano Nicanor Madeira a las embarazadas, se dejaron fecundar para acceder a la limosna estatal, en medio de la mayor hambruna vivida por el país.

En una oportunidad, la curiosidad superó la discreción de Liselotte y no pudo evitar preguntarle:

—¿Sabes quién es el padre?

—¡Ay! ¡Qué pena, doña Lilo!, cómo me avergüenza hablar de este tema. El problema es que no estoy totalmente segura, pues, considerando los días en los que tuvo lugar la gestación, solo dos candidatos se presentan como potenciales padres del niño. Mi vergüenza se debe a que se trata de personajes muy importantes de la vida pública del municipio y sería muy bochornoso que se supiera que uno de ellos dos es el padre. Si usted me jura que lo mantendrá en secreto, yo le cuento más.

—Tú sabes que mi intención es la de criar al muchachito. Yo soy la primera interesada en llevarme ese secreto hasta la tumba, así que por eso no te preocupes.

—Bueno, doña Lilo, con mucha vergüenza le confieso que uno de los candidatos a padre del bebé es el párroco de Mucuchíes y el otro es el árabe, dueño de la tienda de ropa llamada «Bazar El Paisano», también en Mucuchíes

—¿El padre Antonio y el señor Said? ¡Carrrrrajo, muchachita! —dijo la señora Lilo, sin poder ocultar una carcajada—. No te preocupes, eso me tranquiliza, pues es seguro que a ninguno de ellos les interesa reclamar la paternidad de tu bebé. Al cura, por el escándalo que significaría que se supiera; y al señor Said, porque su regañona esposa, Jamila, lo ahorcaría hasta matarlo si se enterara de que Said podría tener un heredero bastardo y varón, en medio del harén de cuatro hijas que le ha parido.

# Estridentes campanas de desolación

A ntonia actuaba muy extraña y distraída. Cada vez eran más frecuentes las misteriosas llamadas que recibía a su celular y la actitud era siempre la misma, se alejaba donde nadie pudiera escucharla y atendía para quedarse largo tiempo ocupada en conversaciones que, generalmente, la dejaban ofuscada y nerviosa.

Las gigantescas instalaciones de Kourou, con su poderoso y gélido sistema de aire acondicionado, aislaban al personal del insoportable calor que reinaba en el caluroso entorno tropical amazónico y, sobre todo, de la plaga que se adueñaba del lugar después del mediodía, todos los días.

Mamadou se encargaba, como de costumbre, de darle de comer a todo el personal de la base de lanzamiento espacial. Su hermano, Ousmane, ya había llegado, acompañado de su novia Françoise y del joven warao. La aislada e inaccesible base de Kourou resultaba perfecta para recibir a la arrojada antropóloga, lejos del bullicio de la prensa paparazzi, que buscaba saber más de su terrible aventura en el Arco Minero petroleano. Decidieron que pasarían allí un tiempo, mientras editaban el material fílmico que traía la mujer consigo, con las pruebas del grave genocidio perpetrado por los asesinos del ejército petroleano.

Había mucha gente en Kourou ocupada en diversas actividades, aparentemente inconexas. La presencia militar se había redoblado. Sobre todo de militares franceses que acompañaron la misión de rescate de Françoise de las fauces de la peligrosa selva petroleana.

Gabriel y el equipo del proyecto Tláloc habían logrado calibrar la funcionalidad de los cinco satélites, obteniendo las primeras imágenes virtuales de la superficie de la ionosfera en el entorno de ellos. Durante las pruebas, la ubicación geoestacionaria de los satélites era provisional y se hallaba sobre territorio de la Guayana Francesa. Sin embargo, tenían que hacer todavía unas pruebas de reubicación del complejo satelital sobre nuevas y aún experimentales coordenadas geoestacionarias. Finalmente debían examinar la funcionalidad efectiva del complejo tecnológico involucrado en el proyecto Tláloc.

Esa tarde llegó a Kourou un equipo de negociación del pentágono para reunirse con la directiva del proyecto Tláloc. Entre ellos venía el jefe de la misión, el coronel Luce, quien se le había presentado sorpresivamente a Gabriel, como esposo de su madre Josefina, durante su conferencia en Karlsruhe.

Ya estaba todo decidido desde una reunión con el señor Max, el jefe del proyecto. Se había tomado la determinación de establecer una alianza estratégica entre el gobierno de los Estados Unidos, el de los Emiratos Árabes Unidos y el gobierno alemán, toda vez que en territorio colombiano, el ejército norteamericano había instalado, en tres bases militares, sendos dispositivos de emisión de potentes microondas hacia la ionosfera. El convenio consistía en la evacuación de las pruebas de reubicación exitosa del complejo satelital sobre Petrólea, con la finalidad de probar la funcionalidad del equipo sobre el territorio gobernado por Madeira.

Dichas negociaciones no se habrían realizado si las pruebas de genocidio por parte del ejército petroleano, suministradas por la Dra. Machery, no hubiesen sido estudiadas previamente por el equipo negociador de los tres países. Gracias a ellas se había llegado a la decisión de hacer las pruebas de reubicación geoestacionaria sobre Petrólea, y de inmediato realizar las pruebas de la efectiva funcionalidad del complejo satelital.

Esa misma tarde comenzó la reubicación satelital del complejo Tláloc en coordenadas secretas, compatibles con el objetivo de radiar sobre territorio petroleano.

En una pausa de las intensas actividades a las que estaban sujetos Gabriel y Antonia, este la invitó a sentarse en la terraza para hablar:

—He notado que te pones muy nerviosa cada vez que te llaman por teléfono. Espero que no tenga que ver con los resultados de la inseminación —increpó Gabriel.

—Bueno, Gabriel, se me ha pasado por alto informarte que la

inseminación y subrogación de un vientre fue todo un éxito —respondió Antonia, con mirada esquiva.

Gabriel intuyó algo sospechoso en el hecho de que no se lo hubiese comunicado apenas se enteró de la noticia y, tal como supuso, Antonia agregó:

—Norbert y yo volvimos —dijo inesperadamente Antonia.

Aún cuando entre ellos no había habido ningún acercamiento físico, y tampoco algún compromiso después de que Gabriel aceptó suministrar su semen a Antonia, él, secretamente, soñaba con, poco a poco, convencerla de iniciar una relación afectiva. De modo que las últimas palabras de Antonia sonaron en su mente como el tañido de estridentes campanadas de desolación.

# Catarata de esmeraldas

Sáwaro estaba solo en una de las mesas del comedor de la base espacial de Kourou. Ya había pasado la hora del almuerzo y se escuchaba, desde el interior de la gran cocina, la grave voz de Mamadou Diouf dictando órdenes marciales a sus pinches. El pobre aborigen estaba absorto y triste. Lejos de su hábitat, el corazón se le arrugaba. En la base, la mayoría hablaba en francés.

La joven y lozana empleada de Mamadou en la cocina, llamada Loraina, también de origen warao —de una rama de la etnia que se había internado en tiempos inmemoriales en la selva en territorio de la Guayana Francesa—, al ver a Sáwaro, desde una ventana de la cocina, le comentó a Mamadou en francés:

—Pobre muchacho, se ve que está muy triste. Debe haber vivido algo muy feo. La soledad no le hace bien. Le puede pasar como a los pájaros que se mueren de rabia y tristeza al estar enjaulados. Mientras más colorido es el plumaje del pájaro, más fácil es que muera en cautiverio. Ese muchacho tiene mucho colorido en su alma solitaria.

—Cuando termines de arreglar la carne de mañana puedes ir a ver qué le sucede —le contestó Mamadou, a quien habían dejado a cargo del muchacho mientras su hermano Ousmane y su novia Françoise hacían diligencias consulares para obtener alguna documentación para Sáwaro, considerado testigo de excepción en las denuncias que pronto se harían frente a los organismos internacionales competentes en materia de violación de los derechos humanos.

Mientras tanto, Gabriel, que tenía el resto de la tarde libre, también afligido por otras razones no menos trascendentales que las de Sáwaro, lo observaba desde la terraza del comedor. Había seguido con mucho interés las historias del rescate en la selva del Arco Minero. Al verlo tan triste se levantó de su silla, entró al fresco ambiente del aire acondicionado del comedor y caminó hasta la mesa en la que Sáwaro estaba sentado.

—Permiso —dijo Gabriel, arrimando una de las sillas de la mesa para sentarse, recibiendo de Sáwaro un apenas audible gemido de asentimiento que, en su cultura, mientras más imperceptible era el gemido, mayor respeto y deferencia se mostraba—. Me llamo Gabriel... ¿Cómo te sientes, amigo? ¿Necesitas algo?

Sáwaro, después de haber pasado tanto tiempo sin pronunciar palabra alguna, contestó, en tono bajo, mientras un hilito de flema se mezclaba con la tesitura de su voz:

—Agua, tengo sed.

De inmediato, Gabriel se dirigió a la cocina y le pidió a Mamadou agua para Sáwaro.

—¡Ahora mismo te la mando con Loraina! —contestó Mamadou. Gabriel regresó a la mesa con Sáwaro y se sentó frente al joven adolescente.

—Yo me llamo Gabriel y también soy de Petrólea.

—¿De qué parte de Petrólea es el señor? —preguntó Sáwaro interesado.

—De Mucurubá, en los Andes Merideños.

—¿Cerca del pico Bolívar?—inquirió el joven.

—Sí, muy cerca. A apenas hora y media del teleférico en automóvil.

—¿Es verdad que hay nieve en el pico? Así nos decía la maestra en la escuela —volvió a preguntar interesado Sáwaro.

—Bueno, cada vez menos nieve, pero sí, todavía queda un poquito —respondió Gabriel mientras *googleaba* en su celular una foto del pico para mostrársela a Sáwaro

En ese instante llegaba a la mesa una bella morena, con gorro de cocinera, portando una bandeja con una jarra de agua, tres raciones de ensalada de frutas tropicales y tres vasos de vidrio.

—Hola, mi nombre es Loraina, ¿me puedo sentar un rato con ustedes?

Cuando Gabriel vio los ojos de Loraina, quedó atrapado en una catarata de esmeraldas de la cual no pudo escapar.

# Doña Betania

Betania, la amiga de Lilo, dueña de la posada Los Sauces, a manera y estilo era una señora muy creyente. Todas las noches, cuando las labores del día se habían completado y, por lo tanto, correspondía tomarse un merecido descanso, se preparaba una infusión de limoncillo o de cualquier hierba aromática que tuviera a la mano y se sentaba a leer para sí, pero en voz alta, algún pasaje bíblico, en la sala de recepción —que en realidad era la enorme sala con paredes de tapia de una gran finca de principios del siglo XIX—.

En muchas ocasiones Josefina también estaba por allí cerca, sentada, con las piernas alzadas sobre la sentadera de otra silla, para sentir alivio en ellas, pues se le hinchaban y había descubierto que alzándolas lograba hacer que disminuyera la incomodidad. Ya estaba a la altura de su octavo mes de embarazo y parecía un hermoso manatí que deambulaba por la posada, sosteniéndose con ambas manos la redondez del vientre al caminar.

Betania estaba obsesionada con la idea de que el futuro hijo de Josefina tendría que ser un ungido de Dios como lo había sido Moisés. Muchas veces le decía:

—No es que seas afortunada, hija, es que ese niño que llevas dentro está siendo protegido por Dios, porque, seguro, tiene algún propósito para él. De otra manera no se puede explicar cómo, en medio de tanta escasez y penurias causadas por esta dictadura, la señora Liselotte te haya escogido, precisamente a ti, para ayudarte a criar ese bebé. Llevamos ya mucho tiempo soportando una terrible carestía absoluta de alimentos y medicinas de todo tipo y la mayoría de las mujeres embarazadas en este país no se pueden alimentar durante el embarazo. Eso, por supuesto, afecta el desarrollo del feto. Si consideras que estamos hablando de una crisis nacional, la mayoría de las mujeres embarazadas de este año, es obvio, parirán niños que inevitablemente no nacerán de igual forma que lo hace un niño proveniente de un vientre bien alimentado.

Josefina la escuchaba con atención y jamás se atrevía a interrumpir las lúcidas lenguaradas de la señora Betania, quien, cuando comenzaba a hablar, parecía poseída por algún sabio espíritu que la iluminaba en sus coloquios solitarios.

—La otra noche, en un reportaje de la televisión —prosiguió doña Betania—mencionaban la cifra de alrededor de seiscientos mil embarazos por año. Piensa nada más, querida Josefina, suponiendo que noventa de cada cien de esas mujeres embarazadas está teniendo problemas para alimentarse en forma adecuada, el niño en el vientre, con una altísima certidumbre, nacerá con alguna deficiencia psicomotora irreversible.

La verdad en las palabras de doña Betania atemorizaba a Josefina. Eran tan claras y lógicas que, desde la perspectiva de su propia existencia, una sensación de impotencia por el resto de las madres, que no contaban con su situación privilegiada, la invadía lentamente.

—Más aún —continuó doña Betania—, si a un muchachito de esos se le mide al nacer, con una cinta métrica, el contorno del cráneo, estoy segura que tendrá una medida menor a la que tuvo mi hijo Santiago cuando nació, que fue de treinta y cinco centímetros, la medida que el médico catalogaba de normal.

»Ahora bien, si se tiene en cuenta que durante los primeros ocho años de vida de cada niño, en esas condiciones, se mantiene la situación de escasez que gobierna su alimentación y… ¡ojo! durante cada uno de esos ocho años, siguieron naciendo más y más bebes desnutridos —acotaba en forma tajante— es predecible una disminución de las capacidades de aprendizaje de la población escolar de Petrólea. Una población de zombis sumisos al dictador Madeira. En fin, lo que califica por todo el cañón como un crimen de lesa humanidad, solo comparable a los crímenes de guerra de Hitler. —Ante las palabras de doña Betania Josefina sentía un vértigo que le brotaba del pecho hacia afuera quitándole el aire—. Sin embargo, querida Josefina, tu bebé está creciendo aquí en esta posada protegido dentro de un cálido y cómodo botón de rosa. Aislado de toda esta inmunda corrupción política que gobierna. ¡Maldita la hora que llegaron estos gorilas al poder!

De esta manera, cerrando la biblia de un golpe, doña Betania terminaba poniéndose de pie y dirigiéndose a la cocina a servirse un trago de ron para irse a acostar.

# ¿Qué pensaría el señor Sonntag?

Después de la reunión con el equipo que había llegado a Kourou desde el Pentágono, el señor Max Schäffer, jefe del equipo alemán al que Gabriel estaba adscrito, parecía complacido. Gabriel, por su parte, aun cuando aceptó todos los términos del acuerdo con el Pentágono, guardaba cierta preocupación por no estar totalmente seguro si su mentor, su fallecido padre adoptivo, el señor Karl, estaría complacido con lo que aparentaba ser un acuerdo sólido entre el Pentágono y los protectores de la patente de los Sonntag. Sin embargo, al recordar el triste relato de Sáwaro, de quien se había hecho buen amigo aquella tarde en la que conoció a la bella Loraina, sus dudas se esfumaban como vaporizadas y dejaba entonces de preocuparse, pues sentía que era urgente menester intervenir de alguna forma para derrocar la dictadura de Madeira.

En definitiva, se había acordado hacer tres tipos de pruebas del abanico de posibilidades que ofrecían las instalaciones satelitales del proyecto Tláloc. En primer lugar, se acordó realizar un experimento de control climático sobre el Arco Minero de Petrólea, produciendo lluvias profusas, con la finalidad de impedir la aterradora y contaminante minería extractiva que estaba convirtiéndose en la principal fuente de ingresos del régimen del dictador Nicanor Madeira. En segundo lugar, se haría una prueba de emisión de ondas electroacústicas sobre la población menor de dieciocho años de edad en la región central de Petrólea, difundiendo un mensaje de rebelión nacional y, en tercer y último lugar, cubriendo el aspecto más delicado de las pruebas posibles, se realizaría la emisión de potentes ondas electromagnéticas sobre las coordenadas del asentamiento cubano en el estado Cojedes llamado «Nueva Habana» donde se calculaba en cerca de ochocientos mil, el número de cubanos que se habían instalado en esas tierras, luego de las numerosas y consecutivas tormentas que azotaron a la isla de Cuba en los últimos diez años, como consecuencia del cambio climático.

Partirían en un par de días a la base norteamericana ubicada en la selva colombiana, cerca de la zona fronteriza con la Republica Socialista de Petrólea. Eso significaba que Gabriel y Antonia debían prepararse para un nuevo viaje. Las relaciones entre ellos dos se habían enfriado muchísimo, aun cuando ella lo mantenía cabalmente informado sobre la evolución del feto en el vientre subrogado en Alemania. Sin embargo, él había perdido el interés por ese tema y se mostraba más atraído hacia el asunto de su nueva amistad con Loraina y, por supuesto, hacia sus nuevos amigos de Senegal, Mamadou y Ousmane Diouf, y Françoise Machery, la antropóloga francesa que se había salvado del ejército petroleano en predios del Arco Minero, gracias a la oportuna aparición de Sáwaro, el indio warao héroe de los sucesos. Ya el documental realizado por la National Geographic estaba listo y sería presentado, en primicia internacional, al día siguiente, mostrando todas las crueles imágenes captadas por el difunto camarógrafo John Ritter, asesinado por los soldados de Madeira.

Por su parte, Ousmane y Françoise, estaban pensando en asentarse en la Guayana Francesa, para acompañar a Sáwaro en calidad de padres adoptivos. De esta forma esperaban que el muchacho sufriera lo menos posible en cuanto a su nueva situación de refugiado político. Sin embargo, la cercanía a Petrólea podría exponerlo al acecho de los gendarmes del régimen dado su categórico testimonio sobre los crímenes de la dictadura, de modo que esa decisión aún debían estudiarla bien.

# En las selvas colombianas

El equipo técnico del proyecto Tláloc ya se encontraba en la base militar norteamericana en las selvas colombianas, relativamente cerca de la región fronteriza con la República Socialista de Petrólea. Gabriel y Antonia viajaron desde Kourou en el avión que el emir había puesto para su traslado. Jim Luce y su asistente viajaron con ellos, aprovechando que el avión iba vacío. Para Jim, el lugar era más que familiar, pues fue allí dónde, años atrás, se enamoró de Josefina, la madre de Gabriel, cuando ella trabajaba como dama de compañía del club de *musas* que, asiduamente, prestaba sus servicios a la base. Jim todavía no había encontrado la oportunidad de hablar más profundamente con Gabriel sobre cómo su madre y él se habían conocido. Tarde o temprano lo descubriría por sí solo y no sabía cómo reaccionaría frente a las tan extraordinarias e inverosímiles circunstancias que rodearon los inicios de la relación de él con Josefina.

Para esa noche, a las siete, hora en Colombia, National Geographic anunciaba la premier mundial de su documental *Muerte en Petrólea*, un reportaje hecho con entrevistas de los protagonistas: Françoise Machery y Sáwaro, el indio warao que la ayudó a escapar del ejército de Petrólea. La entrevista estaba acompañada del material videográfico del finado camarógrafo John Ritter. Gabriel estaba muy atento a esa transmisión, por lo que averiguó donde había una pantalla de televisión en la base militar norteamericana.

Desde mucho antes del programa televisivo, Gabriel se encontraba en lo que parecía ser una amplia sala de juegos para oficiales de la base. Había servicio de cantina, billar y dardos. También había varias pantallas de televisión en diversos lugares de la cantina. Él se sentó en un sofá de cuero, más o menos alejado del bullicio de los juegos, no sin antes haberle pedido al barman de la cantina que le ubicara el canal de la National Geographic en la pantalla más próxima a él.

Al llegar la hora, el lugar estaba repleto de oficiales. La transmisión suscitaba más interés entre los oficiales de lo que Gabriel hubiera imaginado. Sin embargo, de pronto entraron al recinto diez hermosas mujeres, muy elegantemente vestidas, que atrajeron para sí toda la atención de los presentes. Antonia, que había viajado a la base para servirle de apoyo lingüístico con los oficiales de la base americana, en el marco de las pruebas de *hardware* y *software* del proyecto Tláloc, prefirió descansar esa noche.

Las voluptuosas mujeres paseaban entre las mesas de billar tratando de pescar algún cliente. Gabriel no sabía bien qué estaba sucediendo y sentía una enorme curiosidad por enterarse. Todo estaba bien hasta que una de las chicas se acercó al sofá, desde donde él aguardaba la transmisión, y se le sentó en las piernas. Esto lo tomó totalmente desprevenido y comenzó a temblar de vergüenza.

Al ver que uno de los oficiales se fue agarrado de la mano con una chica que también se le había acercado provocadoramente, Gabriel lo imitó, poniéndose de pie y dejándose guiar por la bella mujer de cuyo cuello colgaba un elegantísimo dije de oro que resplandecía con la inscripción de «Artemisa», el nombre de la musa griega de la guerra. El tan esperado reportaje de National Geographic quedo totalmente eclipsado por las chicas que llegaron al lugar.

# Encuentro con Artemisa

Gabriel y su compañera salieron del lugar y, como las demás parejas, caminaron por una vereda iluminada por la fría luz de los leds, que se asomaban curiosos sobre los postes a lo largo de todas las veredas exteriores de la base militar.

Nueve oficiales de alto rango caminaban abrazados de sus respectivos trofeos femeninos, a excepción de Gabriel que —por sudar mucho en la palma de la mano cuando, por alguna razón, algo lo ruborizaba— prefirió caminar de manos sueltas al lado de Artemisa, la décima musa, quien en todo momento le sonreía muy cariñosamente, mientras lo miraba sin esconder la sorpresa que le causaba el muchacho.

Al final de la vereda había un conjunto de barracas que servían de dormitorio a los oficiales de la base. Se trataba de cubículos de tres metros por tres metros de área, amoblados con un escritorio, un armario para la ropa y una cama individual. Todo muy pulcro y bien dispuesto. Al llegar a la puerta del dormitorio, Gabriel pudo leer sobre ella la inscripción de «Col. J. Luce» mientras Artemisa la abría con una llave que sacó de su cartera. Al entrar le preguntó sorprendido a la muchacha:

—¡Uuuun momento! ¿Por qué esta habitación? ¿Cómo es que tienes la llave?

—Tranquilo, Gabriel, ya te explico —dijo, con voz cariñosa, la muchacha.

—¿Cómo es que sabes mi nombre? —respondió, aún más rígido, Gabriel.

—Pasa adelante y ponte cómodo —insistió Artemisa.

Aún más sorprendido de que la desconocida belleza tropical supiera su nombre, dubitativo, ya dentro de la habitación de su teórico padrastro, se quedó de pie, al tiempo que ella cerraba con cerrojo la puerta, quitándose los elevados tacones mientras se sentaba a la orilla de la cama.

Gabriel echó una mirada alrededor y pudo ver el retrato de una mujer que reconoció. Era su madre, la misma de la foto que guardaba en su billetera, solo que con unos años más. En su cartera también tenía aquella vieja reliquia de preservativo que le había regalado el señor Sonntag, cuando cumplió los quince años de edad, después de la peculiar charla que de *hombre a hombre* tuvieron, «pescando» a orillas del rio Chama, recuerdo que llegó inevitable a propósito de sus particulares circunstancias.

—¿La reconoces? —preguntó Artemisa, señalando hacia la foto sobre la mesa.

—Pues sí. Esa es mi mamá Josefina, la esposa del dueño de este cubículo. Ella me abandonó de bebé —respondió grave Gabriel.

—Aquí tienes esta *tablet* que te mandó para que la conserves. Contiene una carta enviada por ella y está llena de fotos que te van a interesar mucho—dijo Artemisa.

Gabriel ya había olvidado por completo el documental de Françoise y Sáwaro y se sentó en la mesa para leer lo que su madre le había enviado con Jim.

# Loraina

oraina era la bisnieta de Cupuana, una aguerrida chamana, de una tribu warao, que se había adentrado en las selvas de la Guayana Francesa huyendo de los garimpeiros brasileños a principios del siglo XX. Los espectaculares ojos verdes de Loraina habían sido heredados de su abuelo negro, siendo este, a su vez, descendiente bastardo de una esclava mandinga y un marinero holandés a finales del siglo XVII.

Desde muy pequeña, Loraina era una niña muy bien parada. Su belleza era capaz de diluir siglos y siglos de retrogrado machismo, en tierras sobre las cuales el rol de la mujer era, por designio natural, asociado a su condición de pareja de cópula de los varones de la tribu.

Ella logró trascender esta oscura circunstancia como si caminara sobre fuego, llegando virgen a un convento de monjas de la Teología de la Liberación, que hacían misión en tierras de la Guayana Francesa.

Todas las personas que la conocían de inmediato eran atraídas por el halo magnético de su carisma y belleza. Destacó siempre durante sus estudios de primaria y secundaria como la alumna más aventajada de su cohorte en todos los lugares en los que se educó. Nunca le faltaron pretendientes que, inteligentemente, siempre supo rechazar, pues había sido bien alertada por sus instruidas mentoras de la Teología de la Liberación.

Siempre siguió al pie de la letra todas las recomendaciones de su mentora italiana, la monja Linda Bimbi, antigua pupila de la famosa Alice Domón, una de los baluartes de esa orden religiosa. Las monjas nunca le impusieron a Loraina llevar los hábitos de la orden y la dejaron vivir su vida, confiadas en que la bella Loraina llegaría muy lejos en el campo que escogiera para desenvolverse profesionalmente.

Loraina estudió *Arts Culinaires* en Cayenne, capital del departamento de ultramar de Guayana Francesa. Al terminar sus estudios de alta cocina, logró calificar para el cotizado puesto de *sous-chef* de la cocina de la base de lanzamiento de cohetes en Kourou, internada en las selvas al sur del país.

Como asistente en la cocina de Mamadou Diouf, a Loraina tampoco le faltaron pretendientes. Desde oficiales de alto rango del ejército francés, hasta científicos de las más variadas nacionalidades, pasando por importantes políticos. Todos preguntaban por ella cuando la veían por la ventana de la cocina con su elegante y colorido pañuelo de seda cubriéndole el cabello a manera de turbante. Decían que ella era aún virgen, pero la mujer era tan enigmática que el estado de su himen era uno de los secretos mejor guardados jamás.

Mamadou tenía preferencias sexuales muy particulares y jamás le puso un ojo encima a Loraina. Aquella mujer era considerada como el tesoro más preciado al sur del departamento francés de la Guayana Francesa. Y que a nadie se le ocurriera propasarse con ella, pues corría el riesgo de que el enorme Mamadou, quien la defendía como si fuera su hermana, tomara cartas en el asunto. Con tan solo un manotazo del chef, quedaría totalmente fuera de combate. Mamadou y Loraina siempre fueron muy buenos amigos desde que la grácil mujer llegó a la base.

Sin embargo, algo había cambiado en Kourou desde que Gabriel y Loraina charlaron aquella noche en compañía de Sáwaro.

# Las noticias que deja la noche

Artemisa se quedó dormida sobre la cama de la habitación. Parecía una gatita que, acurrucada, encontró una postura que le permitió sentirse elegante mientras dormía. Por su parte, Gabriel pasó toda la madrugada revisando lo que su madre Josefina le había enviado en la *tablet*. Fue como si un vacío en su memoria, que abarcaba cerca de dos años de su vida que habían quedado en el limbo, hubiese arropado, en los pliegues de su cerebro, las últimas horas en la habitación del coronel Luce.

De pronto, la imagen de su madre se había alzado por encima de los escombros de la inseguridad y del reproche, colocándose sobre un pedestal inmenso, iluminado por la luz de la verdad y la justicia.

Gabriel ahora lo sabía todo sobre su madre, los Sonntag y sobre sus orígenes parameros. Sabía incluso quién era su padre biológico y en qué circunstancias ese hombre ocupó el lugar dictado por la providencia universal. De pronto, toda su existencia había adquirido una nueva perspectiva, mas cósmica e infinita, la cual, se veía endulzada por el recuerdo romántico y platónico de reencontrarse con Loraina, al menos, para verla desde una posición inadvertida.

Al terminar de leer y ver por completo lo que contenía la *tablet*, lo cual le llevó toda la madrugada, se levantó de la silla frente al escritorio con mucho silencio, para evitar despertar a Artemisa que dormía profunda, en posición fetal, sobre la cama cuya cubierta se conservaba totalmente lisa y sin arrugas.

Ya el sol asomaba a lo lejos y loros y guacharacas revoloteaban con su algarabía por encima de los radares aéreos de la base, más allá de los enormes y explayados campos de antenas de microondas apuntando hacia el cielo.

Gabriel caminó de regreso por la vereda y se dirigió al comedor de la base militar. Ya se veía mucha actividad en los alrededores: soldados entrenando, vehículos circulando y hasta música, que se escuchaba desde las múltiples garitas esparcidas por doquier en el vasto campamento.

Al entrar en el comedor vio que Antonia estaba sentada sola en una de las mesas y se dirigió hacia ella. Ya tomando la silla para sentarse, Antonia lo saludo preguntando:

—¿Viste el programa de la National Geographic? ¡Uaaaao! ¡Qué fuertes las tomas que Françoise logró salvar del equipo del camarógrafo asesinado!

—No, no lo vi, estuve atendiendo otras cosas –respondió, bostezando, Gabriel.

—Pues las reacciones fueron instantáneas, hoy se convocó a una reunión extraordinaria del Consejo de Seguridad de la Naciones Unidas y, al parecer, nosotros  tenemos una reunión esta tarde para acelerar las pruebas convenidas y poner en funcionamiento el complejo satelital del proyecto Tláloc. Parece que, finalmente, Nicanor Madeira tiene sus días contados como dictador de Petrólea. La indignación que produjo el documental fue planetaria. Las declaraciones de Sáwaro, relatando cómo asesinaron a todos los de su aldea y de cómo él tuvo que huir para salvar su vida junto a la de Françoise, fueron detonantes de todo lo que le vendrá encima a la dictadura de Madeira.

—Sí, yo supuse que la reacción no podía ser menor de lo que me cuentas. Yo estoy agotado. Por favor despiértame media hora antes de la reunión. Me voy a dormir un rato.

Cuando Gabriel se levantó y se disponía a retirarse, Antonia despidiéndose con la mano, le dijo en tono bajo:

—El embrión está evolucionando perfecto, ya va para los dos meses.

Ese era, precisamente, el mismo tiempo que ambos llevaban fuera de Alemania.

# Una familia se reencuentra

Daniel Luce esperaba en el lugar convenido: un abandonado parador de automóviles recalentados, a un lado de la carretera rural que conectaba Newark con Amish Town. Eran las tres de la madrugada y ya había pasado media hora de la cita pautada con su esposa Miela.

Salió de la camioneta que le prestaron en la hacienda de los Luce-Cantarrana y caminó hasta un árbol a cuyo pie se puso a orinar. Vio que un automóvil se acercaba, era un taxi que se estacionó en el parador. Al abrirse las puertas bajaron cuatro de sus cinco hijos y Miela con la pequeña en brazos. Los varones también salieron directo a orinar al pie del enorme árbol recién regado por el padre.

Daniel y Miela corrieron a abrazarse; ella procurando no despertar a la pequeña Hania la menor de todos, quien dormía profunda en sus brazos. Habían pasado casi dos meses después del último beso, cuando él tuvo que huir para refugiarse en casa de su hermano Jim.

El taxista esperó, pacientemente, hasta que Daniel fue a pagarle el viaje. Dio la vuelta y se marchó. Los niños corrieron a brincarle encima al padre. Jerome, Niklas, Amitai y Amok, de menor a mayor, correteaban alrededor de Daniel manifestando su alegría por el rencuentro con el padre.

Miela pudo volver a los brazos de su amado esposo en contra de la voluntad de su padre, el obispo amish, el señor Ethan Rosenkranz, lo cual, al igual que a su esposo Daniel, le costó el repudio absoluto de su comunidad.

Afortunadamente, Jim y Josefina le ofrecieron todo el apoyo que requiriesen para volver a comenzar. Le dieron la ocupación de asistir al señor Hernán, lugarteniente de Josefina en la hacienda. También le dieron un terreno dentro de la granja, en la que, durante el tiempo que Daniel y Miela estuvieron separados, con ayuda de los peones de la granja construyeron una modesta, pero confortable casa de madera lejos de las instalaciones de la granja.

Abordaron la camioneta y se dirigieron hacia su nuevo hogar en el que todo estaba bien dispuesto para ofrecerles una cómoda vida a todos. Acostaron a los niños, esperaron hasta que se quedaran rendidos y, entre sollozos apagados de placer y alegría, hicieron el amor hasta el amanecer.

# Invasión desde la ionosfera

El complejo satelital del proyecto Tláloc ya estaba ubicado sobre coordenadas geoestacionarias, justo sobre el Arco Minero de la República Socialista de Petrólea. Todo el equipo del señor Max Schäffer estaba reunido con los oficiales y técnicos norteamericanos en las instalaciones del comando central, para efectuar las pruebas de la funcionalidad del complejo satelital. También estaban presentes, en calidad de observadores, representantes de los Emiratos Árabes Unidos, quienes habían sido los inversionistas que inicialmente llevaron a cabo el desarrollo de las patentes de los Sonntag.

Llevaban dos semanas radiando microondas desde la explanada de la base aérea. El Gobierno de Rusia ya le había alertado al dictador Nicanor Madeira de actividad ionosférica artificial sobre el espacio aéreo petroleano.

Después de la emisión del documental de la National Geographic, se aceleraron las gestiones multilaterales para presionar a que Madeira abandonara el poder. La mayoría de los países del continente americano decidieron, en una resolución de la Organización de Estados Americanos (OEA), prohibir el sobrevuelo del espacio aéreo continental por aviones distintos a los de la Organización del Tratado del Atlántico Norte (OTAN), como respuesta a las múltiples visitas que aviones militares rusos y chinos hicieron a Petrólea, en un operativo encubierto de contrabando de minerales estratégicos hacia Rusia y China. Desde entonces, instalaron secretamente en Petrólea una estación de vigilancia de la actividad ionosférica sobre el espacio aéreo petroleano, previendo algún tipo de ataque climático.

Las pruebas que se estaban llevando a cabo determinarían la capacidad de acorralar frentes de baja presión meteorológica y mantenerlos fijos, por espacios de tiempo controlado, de tal forma que podrían producirse precipitaciones a voluntad, sobre áreas específicas, manipuladas satelitalmente. Para poder lograr este cometido con precisión, el algoritmo desarrollado por el señor Karl Sonntag y su aprendiz Gabriel era crucial pues, dependiendo de la exactitud en la detección de la posición de la capa ionosférica, más eficaz sería el corral de microondas en la contención de frentes de baja presión atmosférica cargados de mucho vapor de agua. El satélite Tláloc 5 procesaba la información proveniente del resto de los cuatro satélites del complejo espacial y mandaba, en tiempo real, imágenes virtuales de la evolución de la oblongación de la capa ionosférica; esto, a su vez, era procesado por los técnicos de la estación HAARP (High Frequency Active Auroral Research Program) de la fuerza aérea norteamericana instalada en la base militar de dicho país en territorio colombiano.

Durante años se estuvo evitando una invasión de Petrólea por parte de una unión estratégica militar de países de la región, afectados por los intensos flujos demográficos de la diáspora venezolana. Se quería ahorrar los enormes costos sociales de una guerra que terminara destruyendo la infraestructura petrolera de Petrólea. Fue así como, finalmente, se optó por el desarrollo tecnológico de nuevas armas, entre ellas las climáticas y tectónicas, para realizar ataques quirúrgicos que debilitaran, cada vez más, las fuentes de recursos que financiaban la gobernabilidad política del dictador Madeira.

Las copiosas lluvias dirigidas sobre el Arco Minero de Petrólea lograron su cometido devastando totalmente los complejos mineros instalados y paralizando la producción de oro, diamantes y coltán. También se hablaba de una producción secreta de uranio y cobalto, pero sobre este tema había el más férreo hermetismo.

Finalmente, se desactivó la radiación de microondas y se dirigió el complejo satelital Tláloc hacia nuevas coordenadas sobre espacio geoestacionario petroleano.

Todo era tan secreto y subrepticio que en la prensa mundial solo se escuchaban las denuncias del dictador Madeira, las cuales fueron neutralizadas por el poder mediático mundial, haciendo parecer al dictador como un paranoico lunático.

La actividad en la base militar colombiana era muy agitada. Poco a poco Gabriel requería menos los servicios de traducción de Antonia. De hecho, habían acordado que ella viajara a Alemania a atender de cerca el desarrollo de su futuro hijo, en el vientre subrogado, cuyo embarazo había llegado al cuarto mes.

Gabriel se comunicaba con Loraina por videollamadas diarias. Recientemente, también, había comenzado a comunicarse de la misma manera con su madre Josefina. El coronel Luce iba y venía desde los Estados Unidos y, de vez en cuando, él y Gabriel hablaban largamente en la cantina de la base.

Mientras se ponía todo en orden para iniciar la segunda fase de pruebas del dispositivo Tláloc, Gabriel viajaría a Kourou, para encontrarse con Loraina. Llegó el día y finalmente pudo viajar en el avión del emir hasta la base espacial de Kourou en la Guayana Francesa.

Descendió del avión y desde la pista pudo ver que Loraina, ubicada en la terraza del comedor de la base, lo saludaba emocionada.

# Aprendiendo las artes amatorias

Amanecía en el pequeño apartamento de Loraina, ubicado en el área residencial de la base de lanzamiento de Kourou. En el improvisado comedero de pájaros que Loraina había dispuesto por la parte exterior de la ventana panorámica de su habitación, comenzaban a llegar las aves que, cada mañana, venían a comer las frutas que sobraban de la cocina del comedor de la base y que diariamente la mujer les ponía sobre una tabla la noche anterior. Azulejos, paraulatas y tordos revoloteaban en un alboroto de alegría, cuando se peleaban los pedazos de cambur, lechosa y naranja.

Loraina aún estaba rendida y ese día por especial motivo. Gabriel yacía a su lado despierto, contento y expectante, gozando aquel espectáculo de pájaros de todos los colores. Se sentía pleno. Habían estado haciendo el amor toda la noche, enredados en las sabanas, aprendiendo entre los dos las artes amatorias, que para ambos era la primera oportunidad de experimentar.

Sobre la mesa de noche del lado de Gabriel aún estaba el envoltorio del preservativo que guardaba celosamente en su cartera de bolsillo desde que el señor Karl Sonntag se lo había regalado el día que cumplió los quince años, dándole consejos que solo los hombres reciben de sus padres masculinos. Recordaba aquella tarde como si fuera ayer. Los dos pescaban truchas en el río Chama y, como siempre, nada lograban ensartar en sus anzuelos. En realidad, era solo un pretexto que ambos encontraron para que el maestro enseñara al aprendiz rodeado de la belleza de los páramos.

Gabriel partía de nuevo en pocas horas hacia la base militar norteamericana en Colombia. Ya todo estaba listo para ejecutar la segunda prueba de la funcionalidad del complejo satelital Tláloc. La misma se ejecutaría al día siguiente y requerían su presencia para supervisar el desempeño del algoritmo.

En esta ocasión, las coordenadas geoestacionarias de Tláloc se ubicaban justo sobre Nueva Habana, la ciudad que el dictador Nicanor Madeira le había obsequiado a cerca de ochocientos mil migrantes cubanos que quedaron damnificados por las continuas tormentas tropicales que tenían azotado a todo el mar Caribe como consecuencia del cambio climático.

Ese era el discurso oficial, sin embargo, había suficiente información que revelaba que aquello era un campamento militar cubano en tierra petroleana, que tenía la finalidad de coadyuvar a preservar la continuidad del régimen que se había convertido en la principal fuente de ingresos de la isla de Cuba. El sofisticado espionaje satelital había develado la presencia de armamento militar y una base aérea en la que escondían en hangares subterráneos, equipo aéreo y antiaéreo.

El objetivo de la prueba era provocar un importante y quirúrgico movimiento telúrico sobre áreas milimétricamente determinadas. El procedimiento era hacer rebotar, en el ángulo preciso, calculado por el algoritmo de Gabriel, un potente rayo microonda de tres gigavatios, emanado desde la base militar norteamericana en Colombia para que incidiera en forma exacta en el centro de Nueva Habana y con ello hacerla temblar con potencia destructora.

Loraina despertó, se besaron y volvieron a hacer el amor. Desayunaron y partieron a la pista aérea de Kourou donde lo esperaba el avión «Citation» que los árabes habían designado para el proyecto.

# La soledad de Sáwaro

Sáwaro se había convertido en un héroe para el mundo. El documental de la National Geographic sobre la fatídica y mortal razia del ejército petroleano en la aldea warao matando a todos sus habitantes, a excepción de Sáwaro y Françoise que afortunadamente pudieron escapar ilesos escondiéndose en la selva del Arco Minero, rodó por todas las agencias noticiosas internaciones

Françoise y su esposo, el *Médico sin Fronteras*, Ousmane Diouf, hermano de Mamadou, asumieron el cuidado del joven de quince años. Después de una transitoria estadía en Cayenne, para arreglar con la embajada los trámites de los nuevos documentos de identidad del joven warao, viajaron a París mientras decidían si se establecían definitivamente en la Guayana Francesa.

El súbito cambio de ambiente implicaba nuevo idioma, nuevos colores, clima y costumbres. En París, Sáwaro fue invitado por el Parlamento Europeo, para oír su macabro testimonio sobre los sucesos en el Arco Minero. Françoise Machery junto con él lograron hacer endurecer la posición de la Unión Europea con relación al gobierno de la República Socialista de Petrólea.

Después de más de veinte años de represión, con suficientes evidencias del secuestro político de Petrólea en el que se sometió al ochenta por ciento de la población suministrándole armas al veinte por ciento restante, la denuncia de un menor de edad le había asestado un duro golpe a la dictadura.

Las conversaciones secretas en el ámbito de la Organización del Tratado Atlántico Norte (OTAN) se encaminaban hacia una intervención más fuerte en contra del gobierno de Madeira. La información acerca de los experimentos del proyecto Tláloc desde bases norteamericanas en tierras colombianas, aunque secreta, era manejada por la cúpula militar de la OTAN hasta el punto de hacer gestiones para lograr convencer a los responsables del proyecto de no solo hacer temblar Nueva Habana, sino de hacerle «escuchar» a sus habitantes un ultimátum electroacústico.

El complejo Tláloc también era un dispositivo emisor de señales acústicas al interior del cerebro de la población humana de edades inferiores a los dieciocho años, esto último determinado por el joven estado del oído interno de las personas de esas edades. Los jóvenes irradiados por las ondas escucharán, «dentro», en su cabeza, sonidos inteligibles como mensajes, música y hasta podían sentir migraña si la intensidad era la adecuada.

La propuesta de la OTAN consistía en que, minutos antes de producir el sismo de alta capacidad destructora, se emitiera el alerta de su inminente ejecución, para reducir al mínimo las pérdidas humanas en la destrucción del enclave cubano en la ciudad de Nueva Habana en territorio del estado Cojedes, donado a Cuba por el gobierno de Nicanor Madeira.

Sáwaro fue acogido como refugiado político de Francia. Sin embargo, a pesar de estar protegido y que su seguridad económica estuviera garantizada por una pensión vitalicia que le había sido otorgada por la Unión Europea, el joven se sentía muy triste y desolado.

# Peligrosos *Engeländers*

El obispo amish, Ethan Rosenkranz, padre de Miela, finalmente se preparaba como candidato para las elecciones de gobernador del Estado de Ohio en la contienda electoral de 2022. Miela —única hija del candidato— junto a sus cinco hijos, había abandonado a su familia para seguir a su marido Daniel Luce, repudiado por la comunidad Amish, por no estar de acuerdo con ciertos procedimientos «persuasivos» del comando de campaña del señor Rosenkranz.

Ya instalados desde hacía unos meses en una cabaña en la propiedad de su hermano Jim Luce y su esposa Josefina Cantarrana, la familia Luce-Rosenkranz era feliz. Los cinco niños de la pareja, Hania, Jerome, Niklas, Amitai y Amok disfrutaban corriendo en medio de los maizales. Los tres mayores asistían a un colegio laico en Newark, mientras los dos más pequeños aún pululaban alrededor de las faldas maternas de Miela, mientras ella realizaba trabajos del hogar como lavar y zurcir la ropa, preparar la comida y otras labores. Miela cargaba con la inercia de haber crecido en un hogar amish y asumía contenta esos roles que tradicionalmente le eran asignados a la mujer en la vida cotidiana de esa colectividad.

Su padre estaba muy resentido por su huida y había ordenado vigilar de cerca sus actividades en la granja de los Luce-Cantarrana.

Esa vigilancia ya había sido percibida por Daniel y Miela, obligándolos a solicitar de las autoridades judiciales de Newark una orden de alejamiento para el señor Rosenkranz, pero su creciente poderío político en el estado había logrado neutralizar cualquier acción judicial de Miela en su contra.

En una oportunidad, mientras toda la familia cenaba en la cabaña, lograron sorprender a tres personas que vigilaban todos sus pasos con largavistas desde una posición muy cercana a ellos en el interior de la propiedad privada de los Luce-Cantarrana.

Esto provocó la ira de Daniel y salió a perseguir a los espías con una escopeta, logrando herir gravemente a uno de ellos. Ese incidente elevó sensiblemente las tensiones entre el obispo Rosenkranz y la familia del esposo de su hija Miela que ahora eran repudiados como si fueran «peligrosos *Engeländers*».

Gracias a la influencia militar de coronel Jim Luce lograron obtener una patrulla de vigilancia de cuatro soldados de la policía militar, pero todos sabían que, tarde o temprano, tampoco esto sería suficiente para mantener a raya el resentimiento del obispo Rosenkranz hacia los hermanos Luce y sus familias.

Mientras tanto, el coronel Jim Luce iba y venía, hacia y desde la base norteamericana en Colombia, para ejercer su función de enlace del gobierno norteamericano con el proyecto Tláloc, que en la próxima semana, realizaría las pruebas de las capacidades tectónicas del complejo satelital.

La noche antes de la partida, Josefina le había pedido a su esposo Jim que le recordara a su querido hijo Gabriel que lo esperaba en Newark, apenas se desocupara de sus compromisos en Colombia, para que conociera a su hermanita la pequeña Liselotte.

# Mensajes electroacústicos

Después de casi cuatro meses de preparación para el gran día, había gran actividad en la sala situacional del comando central de operaciones de la base militar norteamericana en Colombia. Gabriel, el señor Max y tres representantes de los Emiratos Árabes Unidos, veían todo por un ventanal, desde una habitación contigua a la sala situacional, como público vip de las pruebas que pronto demostrarían al mundo el poder del complejo satelital Tláloc.

Una enorme pantalla digital mostraba, en la esquina superior derecha, el conteo regresivo para dar inicio al procedimiento. Ya todas las antenas microondas pertenecientes al proyecto HAARP de la armada norteamericana, estaban prestas a ser encendidas y direccionadas con el ángulo correcto, para dar rebote en la ionosfera en el sector calculado y señalizado por el algoritmo de Gabriel Cantarrana: Nueva Habana.

«Tres, dos, uno, transmisión». Enunciaba, en frío tono digital, una voz femenina de resuello artificial y metálico. Un agudo zumbido, acompañado de un debilitamiento de la señales audiovisuales de la sala situacional, se adueñó momentáneamente de todo, hasta que se estabilizó disolviéndose en los ruidos de la actividad de la sala. De pronto, la misma voz exclamaba:

«ATENCIÓN HABITANTES DE NUEVA HABANA. EN EXACTAMENTE CINCO MINUTOS, SENTIRÁN ACTIVIDAD SÍSMICA DESTRUCTORA. RECOMENDAMOS SALIR, CUANTO ANTES, A CAMPO ABIERTO PARA EVITAR PÉRDIDAS HUMANAS. MENSAJE DE LA COALICIÓN INTERNACIONAL EN PRO DE LA DEMOCRACIA»

Era el mensaje que los adolescentes presentes en Nueva Habana estaban escuchando en el interior de sus oídos internos, causado por ondas electroacústicas que llovían desde el cenit. El mensaje se repetía seguidamente, haciendo actualización del tiempo que quedaba para el evento sísmico artificial.

Faltando tres minutos para la activación de una microonda de 3 gigawatts apuntada en perfecto rebote sobre el centro de Nueva Habana, se encendió la alarma antiaérea mientras podía leerse en grandes letras rojas en la pantalla principal de la sala:

«AIR ACTIVITY OF THE ENEMY DETECTED, TIME OF VISUAL CONTACT WITH THE ENEMY 2700 SECONDS … AIR ACTIVITY OF THE ENEMY DETECTED, TIME OF VISUAL CONTACT WITH THE ENEMY 2699 SECONDS … AIR ACTIVITY OF THE ENEMY DETECTED, TIME OF VISUAL CONTACT WITH THE ENEMY 2698 SECONDS».

Las baterías antiaéreas ya estaban activadas, esperando contraatacar en el momento oportuno a los aviones de Petrólea que se dirigían hacia la frontera con Colombia.

El potente rayo fue activado puntualmente y las imágenes satelitales de Nueva Habana mostraban a gente corriendo fuera de las construcciones mientras estas se derrumbaban por completo. La ciudad quedó totalmente devastada y se pudo evitar muchas pérdidas humanas gracias al mensaje de alarma inicial.

Mientras tanto, ya se había determinado que cinco aviones Sukhoi de la fuerza aérea petroleana se dirigían hacia el espacio aéreo colombiano. Sin embargo, faltando poco para llegar a la frontera colombiana, cambiaron súbitamente de dirección hacia Nueva Habana.

El desconcierto en el alto mando militar petroleano era total. No sabían qué atacar.

Finalmente, se emitió un nuevo mensaje electroacústico:

«AUTORIDADES DEL GOBIERNO PETROLEANO, SE LES ORDENA DIMITIR EN UN PLAZO DE SETENTA Y OCHO HORAS PARA DAR PASO A UN GOBIERNO DE

TRANSICIÓN CUYAS AUTORIDADES PERENTORIAS SERÁN REVELADAS... AUTORIDADES DEL GOBIERNO PETROLEANO, SE LES ORDENA ...»

# *Pastorear* la lluvia

Al día siguiente del inverosímil evento sísmico acompañado de voces celestiales que se metían en el cerebro de los jóvenes, el dictador Nicanor Madeira emitió un mensaje televisivo en el que se le veía visiblemente irritado, explicando su versión de los eventos, en los que asociaba la destrucción de Nueva Habana con el uso de una misteriosa arma tectónica. En su discurso jamás mencionó las copiosas lluvias que, apenas días atrás, habían destruido casi toda la infraestructura en el Arco Minero.

Al momento de la alocución presidencial, al gobierno de Petrólea no le había llegado ninguna comunicación oficial acerca de la autoría de los hechos, salvo los relatos de los jóvenes habitantes de Nueva Habana que mencionaban que la voz en sus cerebros, hablaba de una decisión tomada en el seno de las Naciones Unidas.

Otro indicio para Madeira, era el hecho de que se había detectado el traslado de dos portaviones norteamericanos hacia aguas caribeñas que hacía presumir que se dirigían hacia Curazao.

Madeira tampoco hizo mención del ultimátum de las setenta y dos horas para abandonar el cargo y convocar a elecciones. No obstante, un par de horas más tarde, finalmente el mundo supo, a través de un comunicado de las Naciones Unidas, que los acontecimientos meteorológicos y telúricos que tuvieron lugar en la República Socialista de Petrólea, fueron provocados por una nueva arma secreta y que se le había dado un plazo a las autoridades de Petrólea para entregar el gobierno a una junta de transición cuyos integrantes serían revelados oportunamente. Esta junta de transición tendría la función exclusiva de convocar a elecciones libres y justas en un período no mayor de tres meses.

Independientemente de las amenazas, los sucesos produjeron una profusa deserción de personajes claves del gobierno de Petrólea. Sobre todo, miembros de la Corte Suprema de Justicia y del Consejo Nacional

Electoral que huyeron hacia destino ignoto, a pocas horas de sismo de Nueva Habana.

El texto de la resolución del Consejo de Seguridad de la ONU pedía al pueblo de Petrólea mantenerse en sus casas hasta un nuevo aviso, que sería emitido a apenas treinta y seis horas del momento de difusión de la emisión electroacústica.

Gabriel y el señor Max Schäffer habían partido al día siguiente, desde Colombia hacia Brasilia, en el avión de los Emiratos Árabes puesto al servicio del proyecto. La nueva fase de sus actividades consistiría en mover el complejo satelital Tláloc hacia nuevas coordenadas geoestacionarias sobre el desierto de los Emiratos Árabes Unidos para *pastorear* la lluvia hacia esas áridas tierras, propósito inicial del proyecto y del algoritmo de Gabriel.

Hasta el momento, el uso de la patente del algoritmo de Gabriel le había reportado ingresos por el orden del millardo de euros, una vez deducidos los impuestos alemanes, cuya contabilidad y trámites estaban a cargo del abogado de Gabriel, el señor Topp.

Gabriel, desde el aeropuerto de Brasilia, después de haber viajado desde la base americana en Colombia hasta allí, en el Citation del emir, se dirigió en un avión comercial a Cayenne, para estar con su compañera Loraina, mientras se afinaba la nueva ubicación de los satélites.

# En un hotel de Cayenne

A pocos minutos de aterrizar en el aeropuerto internacional de Cayenne, Félix Éboué, de la Guayana Francesa, a las 11:07 a.m., hora local, el corazón de Gabriel palpitaba exaltado por saber que dentro de muy poco se rencontraría con Loraina, que había acordado recogerlo en su pequeño Renault.

Hacía mucho calor pero las instalaciones del aeropuerto no lo dejaban notar. No había mucho movimiento de pasajeros. Luego de que los oficiales aduaneros sellaron su pasaporte caminó por un corto pasillo, hasta la sección de entrega de equipaje. Las manos le sudaban de rubor. Tras la puerta automática de vidrio pudo distinguir la bella estampa de Loraina vestida con franela azul y falda de kaki. El corazón quería saltarle de la boca. Gabriel estaba totalmente fuera de sí, aunque intentaba que nadie lo notara.

Finalmente, a la salida de la entrega de equipaje, soltó su morral mientras, sincronizadamente, Loraina corría hacia él hasta brincarle para colgarse de su cuello mientras lo besaba, adosándose al cuerpo de Gabriel con sus dos piernas alrededor de las caderas de este.

—Cuánta falta me hiciste, Gabriel —le dijo al oído Loraina, en su español de afrancesada erre gutural.

—Y tú a mi… —contestó, con voz trémula y nerviosa, Gabriel.

Luego, mientras se desplazaban en el automóvil hacia algún restaurante para almorzar, Gabriel preguntó:

—¿Sabes algo de Petrólea?

—En el noticiero matutino informaron que estaba bloqueada navalmente por dos portaviones y que Madeira, en un discurso incendiario, luego de que expirara el ultimátum de la ONU, se había negado a dimitir. Ha habido una gran deserción en el ejército petroleano y el bloqueo se mantendrá hasta lograr la dimisión de Madeira. En todos los países limítrofes con Petrólea, sus respectivos ejércitos, acuartelados en campamentos de frontera, esperan las órdenes de una gran ofensiva final.

Eligieron comer, en un restaurant popular, un mero muy fresco acompañado de una ensalada con tropezones de piña.

Pasaron el resto del día, en una habitación del hotel Ker Alberte, el más lujoso de la ciudad.

# El hijo de Antonia

Ya de noche, acostados en la gran cama cubierta de sábanas de seda de la suite presidencial del hotel en Cayenne, la pareja veía las noticias internacionales.

Un extenso reportaje sobre los acontecimientos de Petrólea los entretenía. Sin embargo, la mente de Gabriel estaba concentrada en la propuesta que estaba por hacerle a Loraina.

Las imágenes de Madeira, sudando, hablándole a la prensa internacional jurando defender su cargo con la muerte, le daban la vuelta al mundo, al igual que las manifestaciones populares contra la dictadura en las calles de las ciudades más importantes de Petrólea.

Habían pedido frutas con champán para la cena y de pronto tocaron la puerta para entregarlas. Mientras caminaba hacia la puerta de la suite sonó el celular avisando la llegada de un mensaje, lo tomó de la mesa sobre la cual reposaba y vio con sorpresa que tenía un mensaje de Antonia Etxandia. Abrió la puerta y dejó entrar al camarero, quien empujaba un carrito repleto de frutas y colores con una botella de champán en el centro. Gabriel le agradeció y con una seña, le hizo saber que él se encargaba, a la vez que le pasaba un billete verde.

Al revisar el mensaje de Antonia, vio que se trataba de la foto de un recién nacido. No había ningún tipo de explicaciones. Solo eso, una foto. Pero eso fue suficiente para descarrilar a Gabriel. De inmediato supo que se trataba del hijo de Antonia para el cual, él, había donado su esperma. Un tema que aún no había ventilado con Loraina.

La pantalla del televisor panorámico de la habitación mostraba calles incendiadas y soldados del orden arremetiendo en contra de la población enardecida. Había denuncias de muchos fallecidos y heridos, a la vez que había noticias que daban cuenta de una enorme deserción de las fuerzas armadas petroleanas. Testigos denunciaban la presencia de soldados cubanos repeliendo la insurrección en algunas ciudades.

Gabriel se sintió traicionado, pues Antonia le había jurado mantenerlo al margen de todo el asunto, no obstante, ver la foto le causaba muchas sensaciones encontradas. Trató de disimular pero el mensaje lo dejó pálido y Loraina de inmediato lo notó:

—¿Qué te pasa mi amor? —preguntó al verlo regresar a la cama.

# Todos cargamos con un morral a cuestas

Empujando el carrito de las frutas, Gabriel se acercó a la cama y se sentó en el borde del lado de Loraina y dijo:

—Hay algo que no te he contado. En Alemania, mientras ajustábamos el algoritmo para el proyecto de los árabes, Antonia, la misma que me acompañó en Kourou como traductora, me pidió que le donara mi esperma para una inseminación artificial de uno de sus óvulos debido a que su útero desgarrado en un accidente no le permitía tener hijos. Ella había roto con su novio Norbert, así que para el momento de tener a disposición una muestra de semen para la inseminación él no estaba disponible y Antonia acudió a mí. Yo accedí y aquí está el resultado. —Extendiéndole el teléfono celular a Loraina para que viera la foto, que apenas hacía unos segundos le había llegado.

Loraina lo tomó y al ver la foto exclamó:

—¡Pero es una belleza! Se ve que es varón por el color de la cinta que tiene en la muñeca. A ver… —dijo acercando los ojos al aparato— en la cinta se puede leer el nombre de Karl. Tranquilo, Gabriel, durante aquella velada en Kourou, previo al lanzamiento del satélite, ella me contó todo. También me habló de lo confundida que estaba, pues ese tal Norbert estaba enviándole mensajes para que volvieran y ella que también quería regresar con él, no sabía cómo decirle que había conseguido la muestra de semen que necesitaba para no perder la cita con el doctor que le ofrecía el novedoso procedimiento de inseminación. Pensé que tarde o temprano tú mismo me lo contarías. Ella me pidió que fuera discreta y lo respeté. Bueno, querido, eres técnicamente «un padre biológico».

Gabriel, sorprendido por cómo Loraina, sin quitarle importancia al hecho, lo había convertido en algo tan natural y leve, le contestó:

—O sea que… ¿tú estuviste enterada en todo momento del asunto? Qué sorpresa y a la vez qué alivio. Eso me tenía atormentado y por fin salió a relucir, sin traumas. Gracias, Loraina, por tu comprensión. No creo que nadie más hubiese reaccionado como tú lo hiciste.

—Todos cargamos con un morral a cuestas cuando conocemos a las personas que amamos. Supongo que yo también tengo el mío —dijo Loraina apagando la voz.

Se abrazaron y besaron y, mientras comían de la fruta que les habían traído a la habitación, Gabriel se volvió a Loraina diciéndole:

—El algoritmo me está reportando una gran cantidad de ingresos y creo que, a pesar del poco tiempo que llevamos juntos, quiero decirte que me gustaría discutir, como pareja, cómo darle buen uso a ese dinero. Viendo las cosas que están sucediendo en Petrólea, pienso que el dictador está a punto de caer y podré volver a mi país. Como sabes, yo soy de un pueblito llamado Mucurubá, en los Andes de Petrólea y había pensado proponerte invertir ese dinero en algún proyecto importante para los dos.

# Hay que andar con cuidado

Entrando la tarde, Gabriel y Loraina se arreglaban para salir a pasear por la ciudad. Ya tenían tres días de idilio encerrados en la habitación del hotel y sintieron la necesidad de salir a tomar un poco de aire. Bajaron al estacionamiento subterráneo para salir en el modesto automóvil de Loraina. Todo estaba menos iluminado en comparación con el día de llegada. Solo funcionaban las luces de emergencia, las cuales estaban dispuestas en muy pocos lugares. El lugar donde Loraina había estacionado estaba totalmente a oscuras; tanto, que tuvieron que encender las linternas de sus teléfonos celulares para poder acercarse al vehículo. Loraina abrió con sus llaves la puerta del puesto del piloto, pero cuando abrió la del copiloto no vio a Gabriel. En el breve instante en el que se separaron, para cada uno ocupar su asiento en el automóvil, Gabriel se había esfumado en la oscuridad del estacionamiento.

Loraina salió del auto y al ver que Gabriel no aparecía corrió al lobby del hotel para denunciar el suceso. Todo había sido tan rápido y silencioso que no podía ser otra cosa que un secuestro minuciosamente preparado y ejecutado en la total oscuridad del estacionamiento.

El personal de seguridad no halló rastro alguno, salvo huellas frescas de tres calzados diferentes sobre una vieja mancha de aceite que había en el lugar justo del lado de la puerta del automóvil de Loraina por la que Gabriel tendría que subirse. Las marcas sugerían que dos personas habían dejado inconsciente a Gabriel y lo arrastraron sobre sus talones hacia otro vehículo que estaba estacionado a unos veinte metros a un lado del de Loraina.

La policía no tenía información suficiente para descartar alguna hipótesis, sin embargo, todo apuntaba al secuestro.

Las noticias se esparcieron rápidamente mencionando solo que un ciudadano petroleano había sido secuestrado en un lujoso hotel de Cayenne.

Loraina, aparentemente nerviosa y visiblemente afectada, de inmediato se puso en contacto con el señor Max Schäffer, quien aún estaba en Brasilia, para darle la terrible noticia. Este llegó a las pocas horas, en el avión del proyecto, a Cayenne.

El señor Schäffer le había advertido a Gabriel de andar con cuidado pues, aunque era alguien muy poco conocido, se había convertido en una persona de interés estratégico para ciertos grupos. Pidió a las autoridades manejar el asunto con mucha discreción y que cualquier paso ulterior en el caso debía ser consultado con él y sus asesores que ya volaban camino a Kourou.

Desde el punto de vista de quienes investigaban el secuestro, Loraina aún no podía ser descartada como sospechosa, de modo que la mantenían reclusa en la habitación del hotel vigilada por dos policías.

Las autoridades esperaban que en cualquier momento los secuestradores se comunicaran para establecer alguna negociación.

# Las pesadillas de Madeira

Desde el ultimátum de la ONU el dictador Nicanor Madeira no había vuelto a dormir.

Ya habían pasado varias semanas desde que la intimidante notificación había expirado —se le pedía una fecha para la convocatoria a nuevas elecciones libres y democráticas, bajo estricta observación internacional, organizada por un organismo electoral neutral— y hasta entonces había mantenido silencio. Madeira sabía, por los partes de guerra de su sala situacional, que alrededor de Petrólea había un denso sitio de tropas multinacionales que asediaba por todos sus flancos a la nación y que, en cualquier momento, podría hacerse efectiva la entrada de tropas liberadoras. Sin embargo, desde un par de días atrás, ya había iniciado oficialmente el ataque desde el extranjero, con misiles quirúrgicos lanzados por drones fantasma sobre las bases militares de Fuerte Tiuna, Valencia, Maracay, Maracaibo y Ciudad Guayana.

Madeira y su esposa Ana Leticia a quien, desde los detractores de la dictadura, llamaban «la primera barragana», tiritaban abrazados cuando intentaban dormir en el bunker sin ventanas, a cuatro pisos bajo tierra en el Palacio de Miraflores. Ya habían terminado los trabajos de un largo pasadizo secreto que salía a la estación del metro de Capitolio. Las maletas ya estaban preparadas pero el dictador no se atrevía todavía a dar el paso. Aún resonaban en su memoria las palabras de Fidel Castro, su mentor: «¡No vayas a dimitir si es que sientes muy cerca el final!», pero Madeira fue siempre una persona muy cobarde y tarde o temprano terminaría huyendo.

Durante esas noches recordaba imágenes de su infancia. Sobre todo una le venía constantemente a la cabeza. Cuando su madre comenzó a llevarlo a las piñatas de sus primos y amiguitos vecinos, a Madeira le daba muchísimo miedo tirarse a agarrar los caramelos de la piñata rota. A pesar de ser un niño gordo y corpulento, de mayor tamaño que el promedio de los de su edad, Madeira le pedía a su madre que le recogiera los caramelos, para no tener que pelear por ellos. Esa misma sensación la había tenido con el ejército que le había prometido lealtad y que ahora se resquebrajaba poco a poco. Tal como lo hizo su madre cuando, en la última piñata a la que fue, se negó a recogerle los caramelos del suelo diciéndole: «ya estás bien grandote, pelea tú mismo por tus caramelos». Pero Madeira no lo hizo. Quedando, profundamente, enterrado en su recuerdo el no haber peleado jamás por los caramelos de las piñatas de su infancia.

De pronto despertaba sudando con esas imágenes en mente y no podía evitar relacionarlas con las tribulaciones que lo atormentaban en su cotidianidad de comandante en jefe de unas fuerzas armadas que, poco a poco, lo abandonaban. A esas imágenes se le sumaban las de los partes que le informaban de las muertes que su ejército había causado en las filas de los manifestantes, que a gritos le pedían que abandonara el cargo.

La noche anterior había recibido un informe de la inteligencia cubana que trabajaba en el Palacio de Miraflores: tenían en su poder a un importante rehén que podía ser utilizado como prenda, a la hora de tener que negociar una salida intempestiva del país. Se trataba de un significativo científico venezolano al que habían secuestrado en Cayenne, capital de la Guayana Francesa, por el cual un equipo negociador constituido por personeros de Alemania, Emiratos Árabes y Estados Unidos estaba dispuesto a interceder por una salida segura de Madeira y su barragana hacia el destino de su preferencia, a cambio de la liberación sana del rehén.

# Se confirman las sospechas

Madeira, perplejo por no entender cómo un joven científico podía ser tan importante como él a la hora de negociar su destino preguntó:

—¿Y por qué ese joven científico venezolano es tan importante para ellos? ¿Quién lo tiene?

De pronto, desde el fondo de la sala, uno de los asesores cubanos se puso de pie y respondió:

—El joven se llama Gabriel Cantarrana, es oriundo de Mucurubá en el estado Mérida. Fue adoptado por un físico alemán que decidió vivir con su mujer en una finca ubicada en esas tierras parameras. El niño resultó ser un genio y, junto con su padrastro, idearon un algoritmo de cálculo que, según parece, fue crucial para el éxito del aparato climático que produjo las inundaciones en el Arco Minero y el terremoto en Nueva Habana. Nuestra agente en Kourou nos dio la información y llevamos a cabo su secuestro en Cayenne. Lo tenemos en un lugar secreto en la cuenca del Orinoco. Nuestra agente fue descubierta después del secuestro y confesó todo al equipo que logró su captura. De modo que ellos saben que nosotros lo tenemos.

»Hace tres días hizo contacto con nosotros gente vinculada al gobierno alemán, en vista de que el muchacho tiene la ciudadanía alemana. Parece que se ha convertido en un personaje muy importante para un proyecto que se está llevando a cabo sobre territorio de los Emiratos Árabes. Hay mucha gente pendiente de él. Incluso el Pentágono respalda las negociaciones, dado que, según confesó el muchacho, su madre se casó con un oficial de alto rango. Gracias a que tenemos a Cantarrana de rehén hemos logrado neutralizar momentáneamente la invasión. Sin embargo, nuestros expertos creen que la contención de los ataques no podrá ser detenida por mucho más tiempo y amenazan con comprometer su vida, mi comandante, si algo le pasa al Gabrielito.

—¿Y la agente nuestra? –preguntó de vuelta Madeira.

—Es una ciudadana de la Guayana Francesa —prosiguió el asesor—. Fue reclutada hace tiempo por nosotros en la selva al sur de ese país. Es una huérfana de origen warao, llamada Loraina Karico, criada en un orfanatorio de religiosas de la Teología de la Liberación. Ella logró colocarse como asistente del chef encargado de la cocina de la base de Kourou. Allí conoció al muchacho y logró hacer que se enamorara de ella. Iniciaron un idilio y finalmente pudimos preparar su secuestro.

—Tráiganmelo acá —dijo Madeira, después de un breve silencio en la sala.

# Las secuelas de la traición

Después de que el secuestro de Gabriel se hizo público, la vida de Mamadou cambió por completo. El personal de seguridad de Kourou tomó la determinación de despedirlo, por cuanto había sido él quien contrató a Loraina como su mano derecha, estando al frente de la cocina de la base de lanzamiento aeroespacial. No podía creer que aquella bella muchacha, a quien, desde que se conocieron, creyó su mejor amiga y a quien había confiado sus más profundos secretos, era una espía encubierta del G2 cubano.

El interrogatorio policial determinó que el objetivo que Loraina perseguía en Kourou era, apenas, el de informar al servicio de inteligencia cubano acerca de los movimientos del joven Sáwaro, quien a su vez se había convertido en objetivo del gobierno de Petrólea, luego de haber escapado milagrosamente de la persecución del ejército de ese país. Sin embargo, dadas las actividades que se estaban llevando a cabo en Kourou, Gabriel Cantarrana desplazó al joven warao como señuelo de interés político para la República Socialista de Petrólea, pues Loraina pudo informar que Gabriel era pieza fundamental en los ataques climáticos y tectónicos producidos sobre territorio petroleano durante los últimos meses.

Mamadou Diouf tuvo que regresar a París, donde fue recibido por su hermano el *Medico sin Fronteras*, Ousmane esposo de Françoise Machery, la antropóloga que, junto con Sáwaro, había logrado evadirse de las fuerzas militares del Arco Minero de Petrólea. Todos conocieron a Gabriel y de alguna forma se sentían culpables por lo acontecido.

Sáwaro consideraba a Gabriel su héroe desde aquella conversación informal en el comedor de Kourou, en la que también estaba Loraina. Recordó que ella llegó de pronto a la mesa y se les unió amablemente en la conversación. Ella se presentó ante los dos, es decir, Gabriel tampoco la conocía en ese momento. También recordaba que a Gabriel le atraía aquella bella mujer de ojos verdes.

Desde la tranquilidad que le confería su timidez, alejado de la gente que lo rodeaba, Sáwaro estaba muy atento a todo lo que sucedía aquella tarde en Kourou. Una de las cosas que recordaba, claramente, era el hecho de que Loraina tenía siempre dos celulares con ella. Uno rojo y otro negro. Le llamaba la atención a Sáwaro que cuando Loraina hablaba por el teléfono negro, siempre pedía excusas para alejarse más de lo que lo hacía cuando hablaba por el rojo. En una ocasión pudo escuchar que desde el teléfono negro hablaba con alguien en español.

También recordó que sintiéndose muy solo, y por no tener acceso a un teléfono, a pesar de que le habían pedido no comunicarse con nadie para evitar que se supiera su paradero antes de la rueda de prensa en la que se revelarían los detalles de su odisea en el Arco Minero, él le pidió prestado el celular a Loraina, a quien tomó por sorpresa al hacerlo. En ese momento ella solo tenía el teléfono negro y, dubitativa, se lo prestó. Sáwaro marcó el teléfono celular de su abuela, que trabajaba en el mercado municipal de Ciudad Bolívar, con quien efectivamente pudo comunicarse sin que nadie lo advirtiera.

Al día siguiente Loraina ya no tenía más el teléfono negro. A partir de entonces, además del rojo, ahora tenía uno marrón. Atando todos los cabos, Sáwaro pensó que aquel detalle podría ser importante para la determinación del paradero de Gabriel y se lo comentó a Mamadou.

# No hay rastros en el campamento

Hemos estado llamando a Cachimbo desde anoche y nadie responde. Ya enviamos a un grupo de hombres a revisar qué sucede y acaban de llamar para informarnos que en el rancho, donde teníamos cautivo al rehén, no había nadie. No hay rastros del rehén, ni del comando que lo secuestró —informó Barbarito, el lugarteniente del general Monsanto, jefe de las operaciones del G2 cubano en Miraflores, la casa de gobierno de Petrólea. El general Monsanto saltó de su silla nervioso preguntando:

—¿Usted me está diciendo que ya no tenemos cautivo al joven Gabriel Cantarrana?

—Bueno, no tenemos confirmación de nada. Solo sabemos que a quienes mandamos a verificar al lugar donde lo teníamos confinado, no encuentran rastros de nadie en el campamento. Desde ayer no tenemos respuesta del celular asignado a uno de los efectivos encargados de mantener al rehén oculto y vigilado en la selva.

—¿Y quiénes eran? —volvió a inquirir Monsanto.

—Eran cinco en total sin contar al rehén. Todos del G2 y, entre ellos, su sobrino Néstor. El comando estaba a las órdenes de alias Cachimbo —respondió presto el lugarteniente.

—¿Néstor? ¿Y qué hace ese muchacho allí? —preguntó lleno de sorpresa el jefe de la delegación del G2.

—Él insistió en ir. Yo creo que era porque la teniente Saldivia estaba entre los captores… y usted sabe la historia mejor que yo, mi general.

—Qué vaina, ese carajito se dejó engatusar por la teniente. No lo culpo, porque la verdad es que esa mujer está divina. Averigüen qué coño fue lo que pasó allá. ¿Hay algún indicio de que lo haya rescatado su gente? Me refiero… ¿cuándo fue el último contacto con ellos? ¿Aún están dispuestos a negociar por el muchacho? —dijo Monsanto, sentándose de nuevo en su silla frente al enorme escritorio de caoba de su oficina de Miraflores, contigua al despacho presidencial.

—Hace poco se comunicaron con nosotros para preguntarnos sobre la salud del muchacho —volvió a responder *ipso facto*, el lugarteniente Barbarito.

—Ahora sí es verdad que se prendió el *peo* — dijo finalmente el general.

# Quémenlo y tírenlo al rio

El helicóptero volaba rasante por encima del dosel de la selva amazónica a gran velocidad. Gabriel veía por la ventanilla al tiempo que escuchaba por los auriculares las recomendaciones del piloto del «Panther» de la armada francesa. La teniente cubana, Esther Saldivia, estaba sentada al frente junto a Néstor Monsanto. Iban, además, el sargento Pasmarote y el cabo Santeliz. Solo faltaba Cachimbo, oficial del G2 que estaba encargado del secuestro y de mantener oculto a Gabriel como rehén del gobierno de Petrólea. Al negarse rotundamente a liberar a Gabriel, la misma teniente Saldivia le propinó un disparo en la cabeza y lo dejó seco sin dudarlo un segundo. El resto de los oficiales cubanos sucumbió ante la magistral persuasión que hizo Gabriel sobre sus captores.

Era inevitable, a pesar de que lo mantenían en todo momento con los ojos vendados, que sus secuestradores escucharan con interés todo lo que él tenía que decirles.

—¡Pruébenme! ¡Sin ningún compromiso! —comenzó diciéndoles Gabriel el segundo día de su cautiverio—. Denme una cuenta bancaria y yo haré que depositen allí cien mil dólares. Cuando confirmen que el dinero fue transferido sabrán que hablo en serio. Les puedo dar mucho más, pero antes quiero que tengan confianza en mí. Tomen todas las precauciones que consideren necesarias para que se sientan tranquilos y sepan que no se trata de ninguna trampa. Yo solo lucho por mi vida con los medios a mi alcance.

Repitió una y otra vez su osada propuesta sin recibir respuesta de ninguno. Así pasaron varios días de su cautiverio, recitando en forma repetida el guion de su oferta durante los días siguientes. El hecho de que lo dejaran hablar sin mandarlo a callar era una buena señal. Hasta que llegó el momento en el que escuchó a sus captores hablar aireadamente sobre su propuesta fuera del caluroso recinto en el que lo mantenían cautivo. La discusión se tornaba cada vez más agresiva. El comandante Cachimbo se oponía rotundamente y hasta los amenazó a todos con denunciarlos ante el general Monsanto.

De pronto escuchó el disparo. Un largo silencio siguió a la detonación. «Quémenlo y tírenlo al rio», ordenó una voz femenina.

Al entrar al rancho, la teniente Saldivia fue directamente al grano diciendo:

—No son cien mil dólares, son cuatro millones y esta es la lista de cuentas. —Mientras le quitaba el vendaje de los ojos—. Haz que nos depositen y que nos vengan a buscar a todos en un helicóptero. Necesitaremos protección, pues estaremos a la merced tanto del G2 como de los enemigos de Petrólea —dijo finalmente la teniente.

—Denme un celular y en menos de una hora tendrán el dinero depositado.

Al recibir el celular, marcó el número de Antonia en Alemania y esperó que atendiera.

—Antonia, escúchame con mucha atención lo que te voy a decir y sigue al pie de la letra todas mis instrucciones. No puedes contarle a la policía nada sobre esta conversación.

—¿Gabriel? –se escuchaba del otro lado del teléfono

—Calla y escúchame bien. Llama al señor Topp y dile que hagan que depositen de mi dinero a los siguientes números de cuenta. Nadie debe saber de esto. Te voy a dar mis coordenadas en la selva para que me vengan a rescatar junto con cuatro personas más a las que debemos dar protección y seguridad. Todo esto debe ser organizado con los contratistas privados del emir en tiempo récord pues mi vida, y la de esta gente, corre grave peligro.

# La utopía continúa

La ausencia de Gabriel no significó ningún impedimento para que el proyecto Tláloc siguiera su curso. Después de las pruebas sobre la República Socialista de Petrólea, el complejo satelital fue reubicado sobre los oasis de Al Liwa y Al Buraymi, en medio del desierto Rub al-Jali de los Emiratos Árabes Unidos.

El objetivo original de las grandes inversiones realizadas por el gobierno de los emiratos consistía en potenciar las reservas subterráneas de los oasis para robarle terreno a los desiertos, aumentando la superficie sembrada en torno a ellos.

El uso del algoritmo de Gabriel comenzó a tener éxito captando tormentas cargadas de agua provenientes del mar Arábigo y *arreándolas* sobre el desierto. Las fuentes de poder de las estaciones de emisión controlada de microondas del orden de los 5 gigavatios hacia la ionosfera, se encendían a diario durante doce horas todos los días. Ya, a los veinte días de repetir la operación, se podía constatar que habían logrado aumentar las lluvias sobre los territorios-objetivo.

Paralelamente, en forma radial al centro de cada oasis, sobre los bordes desérticos de estos, se había comenzado a verter una especie de abono proveniente de la tecnología petroquímica del rico país petrolero. Se trataba de una modificación del hidrocarburo, capaz de servir de manto orgánico sobre la arena, cuya finalidad era la de hacer posible la conservación de la humedad captada de las lluvias artificiales, que el proyecto Tláloc dispensaba convenientemente sobre el territorio desértico. De esta forma, a los pocos meses de esa práctica continuada, se iría expandiendo el tamaño de la superficie sembrable del oasis. Es decir, el cumplimiento del sueño de sembrar el petróleo estaba siendo realizado, literalmente, por primera vez en la historia de la humanidad.

Dentro de los miembros del elitista proyecto existía mucha curiosidad acerca del paradero de Gabriel. De hecho, las autoridades del país habían puesto a la disposición del señor Max Schäffer todos los recursos necesarios para su recuperación.

Así, los acontecimientos en torno al rescate de Gabriel fueron el resultado de una virtuosa concatenación de eventos que conllevaron al feliz desenlace. Todo comenzó con la revelación de Sáwaro a Mamadou, sobre el detalle acerca de los teléfonos celulares de Loraina. Esa pista permitió obtener, del celular de la abuela de Sáwaro, el número desde el cual el nieto se comunicó con ella en fecha cierta.

Posteriormente, después de rastrear las coordenadas GPS del número en cuestión, las cuales resultaron hallarse en el Arco Minero de Petrólea, la armada francesa estaba preparando un plan de rescate que, por los riesgos que implicaba, no se había puesto en marcha. Todo terminó de acoplarse cuando, afortunadamente, se supo de la llamada de Gabriel a Antonia Etxandia, su amiga y traductora en Alemania, dando las instrucciones sobre cuatro cuantiosas transferencias a bancos de Andorra y las coordenadas GPS para su rescate.

Esa tarde llegó la noticia de que Gabriel estaba sano y salvo en la base de Kourou. Todos brindaron con champán.

# El encuentro se aproxima

**D**urante el viaje en helicóptero desde territorio selvático en el Arco Minero de Petrólea, la teniente Saldivia y los demás cubanos pidieron que fueran dejados en Cayenne. Al parecer, desde allí ya tenían preparado un plan de fuga de quienes enviasen a capturarlos por haber traicionado al G2 cubano. Allí fueron interrogados por la Interpol, revelando información muy valiosa sobre las operaciones del G2 en la República Socialista de Petrólea.

En Kourou, mientras se recuperaba física y mentalmente de los abominables sucesos, Gabriel también era interrogado por la Interpol sobre los detalles de su secuestro. Allí esperaba al coronel Jim Luce, quien se había comunicado con él, pidiéndole que lo esperara en la base aérea de Kourou, pues tenía una propuesta que hacerle. Ya no estaba Mamadou al frente de la cocina y extrañaba sus gritos al personal cuando almorzaba en el comedor de la base aérea. Por supuesto, tampoco estaba Loraina, a quien había entregado su corazón mientras esta le preparaba una celada para secuestrarlo.

Su vida había sido una montaña rusa de emociones. Hasta entonces las había logrado controlar fríamente sin que nadie lo notara, pero, en esta ocasión, Gabriel Cantarrana estaba visiblemente afectado. Lo delataba una barba de varios días, su descuidado aspecto y su mirada infinita, viendo fijamente hacia los enormes ventanales que daban hacia la lejana plataforma de despegue de los cohetes Ariane, a un lado de la pista sobre la cual aterrizaba, en ese preciso instante, un avión con las insignias del ejército norteamericano.

Le habían informado que Loraina no había querido revelar nada, más allá de su lealtad al G2 cubano. Resistió las torturas de rigor y ahora estaba confinada en una celda de máxima seguridad de la Interpol en espera de ser trasladada a Guantánamo, donde seguramente pasaría el resto de sus días como el primer preso del género femenino en ese presidio, paradójicamente ubicado a pocos metros de la valla que la separaba del país al que había jurado lealtad.

Del avión descendieron varias personas uniformadas y en la distancia pudo ver que una de ellas era el coronel Jim Luce. Todos subieron a bordo de un autobús militar que los condujo hasta las instalaciones residenciales de la base aérea muy cerca del comedor. No pasaron más de veinte minutos hasta que Gabriel vio acercarse por el pasillo, haciendo ingreso al comedor, al coronel Luce, su segundo padrastro, después del difunto Karl Sonntag y quien lo saludaba abrazándolo fuertemente en el encuentro.

—¡Gabriel! ¡Qué susto hemos pasado! Josefina ha estado muy mal de la tensión al imaginar por todo lo que tuviste que pasar. Tuvimos que llevarla al hospital. Me encomendó la misión de llevarte a Newark para que pases allá unos días con ella. Me dijo que si no regresaba contigo, no lo hiciera en lo absoluto.

—Anoche casualmente pensaba en algo similar, amigo Luce, pero nunca imaginé que fuera tan pronto. Con muchísimo gusto viajaré contigo para poder ver a mi madre, ya perdida en lejanos recuerdos que casi se desvanecen en mi memoria —respondió resuelto Gabriel.

# Ingenuidades que conducen a la muerte

En una esquina de la húmeda y oscura celda en los sótanos de la delegación de la Interpol en Cayenne, Loraina, acurrucada en posición fetal, rasgaba secretamente con sus manos la lona de la camisa anaranjada que le habían puesto el día que fue ingresada como rea. El goteo del grifo del lavamanos que estaba al fondo del pasillo fuera de la celda, le llegaba al oído, marcando el segundero de su sombrío destino. Durante las sesiones de torturas, tanto psicológicas como físicas, le habían dicho repetidamente que se había ganado «su pasaje gratis a Guantánamo» recalcándole el hecho de que ella sería la primera reclusa mujer de ese distinguido *spa* en el Caribe.

Recordaba los besos de Gabriel mientras se retorcía de frío. Durante su misión había quedado secretamente cautiva del amor que su presa le profesaba ciegamente, tal como si se tratara de una pobre mosca atrapada en la red de su arácnida atracción femenina. Sin embargo, intentaba banalizar el amor de Gabriel, como la de un macho más que caía a sus pies, buscando el beneplácito de sus libidinosos deseos.

Eran cerca de las tres de la madrugada. Por lo general, la actividad comenzaba a partir de las cinco de la mañana. Tenía que apurarse si realmente quería llevar a cabo su plan. Continuó rasgando su camisa en tiras hasta que pudo dividirla por la mitad. Tomó una pequeña piedra que encontró en el suelo, en una esquina de la celda, y con ella escribió en la pared: «PERDÓNAME GABRIEL» Anudó cada manga y se puso silenciosamente de pie. Caminó hasta los barrotes de la puerta y anudó a ellos los dos extremos restantes. Finalmente, insertó su cuello entre las mangas y dio varias vueltas para apretar la horca alrededor de la nuca. Se dejó caer manteniendo flácidas sus piernas y murió por asfixia unos minutos después.

A las cinco, el guardia, al ver a Loraina ahorcada, con sus hermosos senos al aire, dio la voz de alarma. Trataron de revivirla en vano. Ya llevaba más de una hora muerta cuando la encontraron. Se fue con el orgullo de haber cumplido su misión, sin saber que Gabriel había logrado evadirse y que su lealtad «revolucionaria» no tuvo sentido alguno.

El dinero y la avaricia de otros, afectos a un régimen profundamente corrupto al que ella ofreció su solidaridad automática, no lograron anular tanto fervor hacia la causa. Ingenuamente decía: «todo sea por los pueblos oprimidos».

Pudo saber, de primera mano en Kourou, que el régimen de Madeira explotaba a las etnias indígenas para mantenerse en el poder robando el oro de la nación que sacaban en el Arco Minero. El haber conocido a Sáwaro no le valió de nada para cambiar su opinión sobre la causa que defendía. Su mente había sido adoctrinada en forma tal, que siempre había una forma de justificar las atrocidades en función de los objetivos ideológicos. Esas ideas se habían calcificado en su cerebro hacía ya bastante tiempo, en el orfanato de las mojas brasileras de la Teología de la Liberación.

Así, Loraina Karico, de origen warao, pueblo masacrado por el régimen de Madeira, entregó su vida engañada por el adoctrinamiento durante su infancia de huérfana en las meridionales selvas de la Guayana Francesa.

# Se acerca el final del oprobio

Nicanor Madeira estaba indignado. Ya todos a su alrededor presentían que el final estaba cerca. Habían transcurrido meses desde que el ultimátum de la ONU había expirado y Madeira se regodeaba en ello, aduciendo que el imperio había desistido de sus amenazas de hacerlo dimitir. Sin embargo, todos sabían que solo era una táctica dilatoria que hacía temblar al dictador durante cada noche, mientras no lograba conciliar el sueño.

La diáspora desde la República Socialista de Petrólea hacia el exterior se estimaba en casi diez millones de emigrantes. Las amenazas del gobierno de los Estados Unidos de invadir militarmente al golpeado país esperaban el momento político para su oportuna ejecución: las elecciones presidenciales para las que el presidente Donald Trump se lanzaría por segunda vez, al tic tac de un reloj que puntualmente le asignaría, contra todo pronóstico, la popularidad necesaria para volver a ganar y, en el contexto de su campaña electoral, la salida de Madeira era un paso calculado en su camino a su segundo mandato presidencial.

El tiempo de darle la estocada final a Madeira, quien había logrado desintegrar la oposición convirtiéndola en masa migratoria, había llegado. La población de la República Socialista de Petrólea había descendido de treinta a veinte millones de habitantes, de los cuales, Madeira contaba con una población armada de seis millones que conformaban su sistema cívico-militar. Hacia esa población minoritaria dirigía todos los recursos, para mantenerse gobernando en detrimento del resto de la población que había quedado cautiva a merced de la más absoluta miseria.

Sin embargo, ya el bloqueo naval y aéreo de Estados Unidos y los países de la alianza militar del Grupo de Lima, había reducido al mínimo la posibilidad de que Madeira obtuviera oxígeno, salvo por el saqueo de las riquezas mineras del país para enviarlas de contrabando a China, Rusia y Turquía, países a los que se les prohibió la entrada al espacio aéreo y marítimo de Petrólea. Una fuerza militar multinacional controlaba todos los aviones y embarcaciones que intentaban llegar al asediado país.

Una incontrolable epidemia de malaria se había adueñado del Arco Minero, haciendo difícil mantener el régimen de *apartheid* minero de la población indígena, que era la que, a fin de cuentas, soportaba sobre sus espaldas toda la carga de la criminal dictadura de Madeira con el oro, diamantes y coltán que extraían en condiciones de esclavitud.

Se contabilizaba una deserción de las filas militares de Madeira que ascendía al orden de los veinte mil soldados de rango medio y alto, los cuales estaban siendo recibidos en un campo de entrenamiento en la selva Colombiana, con la finalidad de constituir un ejército de disidentes de Petrólea que, al llegar la orden, entrarían al país en un zarpazo final para derrocar definitivamente al régimen dictatorial.

Ya los tiempos de la dictadura estaban llegando a su final, pues los pocos recursos que obtenía el gobierno de Madeira no alcanzaban para dar cobertura a las demandas de su sistema cívico-militar.

# La valla

Cuando venían por la carretera que lleva del aeropuerto, en las afueras de la ciudad, hasta Newark, Jim y Gabriel permanecían en silencio, mientras el primero conducía a velocidad media por la solitaria vía. Acababan de llegar desde Cayenne en un avión militar cuando apenas despuntaba el día y ahora se dirigían hacia la finca de los Luce-Cantarrana. Allá los esperaba Josefina, la madre de Gabriel, quien tenía más de veinte años sin verlo.

A un lado del camino, cientos de metros por delante, Jim pudo distinguir un grupo de obreros que estaban cambiando el enorme anuncio publicitario que solía promocionar el gran mercado de Amish Country. Mientras se acercaban, la gran valla publicitaria ya no anunciaba el famoso mercado de víveres y en su defecto mostraba la fotografía ampliada de una voluptuosa mujer que se abrazaba a dos hombres de uniforme militar. Sobre la enorme fotografía podía leerse una gran marquesina que decía: «*This is her!!!*»

Para sorpresa de Jim, la mujer de la fotografía era Josefina, su esposa, madre de Gabriel, cuando trabajaba de dama de compañía en la base militar colombiana. Afortunadamente Gabriel no se percató de nada y no hizo preguntas. Jim se mantuvo inmutable frente al nuevo contenido de la valla y prosiguió como si nada extraño hubiera visto.

Al llegar a la entrada de la finca, Jim se bajó para cerrar el gran portón corredizo y continuaron rodando por la carretera de granzón hasta que, finalmente, llegaron a la finca en la que Josefina los esperaba con su hija Liselotte cargada en brazos. Ambos se bajaron del automóvil y Josefina le entregó la niña a Jim y se lanzó a los brazos de su hijo Gabriel quien, a pesar de haber sido abandonado por ella durante su primer año de edad, la reconoció apenas un poco envejecida por los años que tenían sin verse. Los corazones de ambos palpitaban acelerados por la emoción del reencuentro.

—¡Gabriel, qué alegría verte de nuevo, hijo mío! —le decía Josefina apretándolo fuertemente contra su regazo. Gabriel por su parte, cuando pudo respirar de nuevo, le respondió:

—¡Mamá, que bonita estás!

—¡Esa es tu hermanita Liselotte! Le dijo Josefina señalándole la niña que sonreía muy contenta por ver de nuevo a su padre Jim.

Entraron a la casa, desayunaron en medio de risas y relatos sobre la infancia de Gabriel en la posada Los Sauces de Mucurubá sobre los Andes merideños.

En un momento en el que Jim y Josefina se encontraron solos en la cocina, Jim le contó sobre la valla que había visto en la carretera y Josefina le respondió que se trataba de un soldado de la base militar con el que casualmente se topó, hacía ya unas semanas, en el automercado. El soldado la llamó de lejos utilizando su mote de *Clío* y hubo algunas personas que presenciaron el encuentro. Ella fingió no reconocerlo y salió a paso nervioso del lugar.

# Vestido de mujer y sin mostacho

La llegada de Daniel a la finca de los Luce-Cantarrana en Newark, le cambió radicalmente el panorama a Josefina en el estado de Ohio. Pasó de ser una vida tranquila y sosegada, a convertirse en un infierno de intrigas y amenazas que cada vez la ahogaban más en su condición de extranjera en tierras lejanas. El estar casada con un oficial de alto rango del Pentágono no le valía de nada en aquellas tierras en las que el candidato a gobernador del estado de Ohio, señor Ethan Rosenkranz, le había declarado abiertamente la guerra.

La ofensiva la ejercía a través de las instancias de la Iglesia amish, de la cual era su más alto exponente en el estado, en medio de circunstancias que habían conducido a la nación norteamericana a un exacerbado y peligroso nacionalismo en el que tendencias tan retrógradas como la oscurantista religión amish habían logrado cobijo en el ámbito político. El señor Rosenkranz no podía aceptar que su más querida hija, Miela, hubiese preferido seguir a su marido, en contra de sus rígidos preceptos morales y religiosos, llevándose a sus cinco nietos con ella.

Desde que Daniel y su familia llegaron a la casa de los Luce-Cantarrana, todas las rutinas diarias cambiaron radicalmente. Afortunadamente siempre había, destacado en la finca, un grupo de oficiales encargados de la seguridad de toda la familia. Sin embargo, para ellos era como vivir dentro de una jaula de oro.

Gabriel y su madre tuvieron tiempo suficiente para contarse sus respectivas vidas. Claro, la *tablet* que le había enviado Josefina con su esposo Jim a la base norteamericana en Colombia —y que Artemisa le entregó el día de la transmisión televisiva del documental de la National Geographic— le había simplificado mucho las cosas, y el hecho de que Jim lo hubiese investigado, utilizando las facilidades del Pentágono, le aportaron mucha información a Josefina sobre su virtuoso hijo perdido.

Gabriel estaba por aceptar una muy lucrativa propuesta de trabajo que involucraba el rediseño de su algoritmo para los objetivos y dimensiones de un proyecto secreto del gobierno norteamericano en la ciudad de Anchorage, Alaska, lugar donde estaba la sede principal del proyecto HAARP (*High Frequency Active Auroral Research Program*).

Esa tarde del ya entrado verano del 2020, finalmente llegó la noticia que todos esperaban. Los noticieros irrumpieron la paz del día con bombos y platillos con el titular de «¡Madeira huyó de la Republica Socialista de Petrólea!»

Las condiciones y circunstancias que rodeaban la noticia eran verdaderamente jocosas. Las imágenes de la cámara del aeropuerto de Maiquetía mostraban a un Madeira vestido de mujer, con tacones, sin mostacho, llevando una peluca rubia y un fino vestido de taller azul pastel, mientras se hacía pasar por una empleada del personal consular de Bielorrusia que viajaba de regreso desde Petrólea en un avión de la fuerza aérea de ese país.

# ¡Me huele a podrido!

El general Monsanto preguntó al personal subalterno por el presidente Madeira, con quien tendría una reunión y cuya asistencia era requerida desde hacía más de una hora.

Después de algunas llamadas se pudo averiguar que se le había visto entrar junto a su esposa, durante la mañana, a una reunión privada con el embajador de Bielorrusia y algunos integrantes del cuerpo diplomático de ese país. Al terminar el encuentro nadie vio salir del salón del palacio presidencial, en el que tuvo lugar la reunión, ni al presidente ni a su esposa.

El general Monsanto insistió preguntando cuál era la agenda de la reunión y le respondieron que se trataba de la despedida del personal diplomático bielorruso, pues se manejaba información confiable de una inminente intervención de Petrólea por parte de una fuerza militar multinacional. Se estila, en la mayoría de los casos, que las diferentes embajadas retiren su personal cuando la vida de sus empleados corren peligro de muerte por el eventual estallido de un conflicto bélico. También se le informó a la cabeza de la misión militar cubana en Petrólea, que la partida del personal consular de Bielorrusia tenía lugar en ese preciso instante desde el aeropuerto de Maiquetía en un avión de la fuerza militar de ese país.

El resabiado general cubano había sido testigo de excepción de la huida del personal cubano de Angola, en el año 1991. Llegó allí como teniente del ejército cubano durante la operación «Carlota», en el año 1975, momento en el que Cuba penetró a ese país con el pretexto de apoyar la llamada independencia angoleña, así que tenía sobrada experiencia para saber lo que estaba sucediendo. Poniéndose súbitamente de pie, exclamó:

—¡Me huele a podrido! ¿Cuándo salió el avión exactamente?

—Hace menos de diez minutos —respondió su edecán.

—Manden a interceptar ese avión antes de que abandone el espacio aéreo de Petrólea, con los Sukhoi que están en Maracay, y que lo hagan aterrizar de nuevo en Maiquetía. Estoy seguro de que Madeira va huyendo en ese avión —ordenó Monsanto con grave tono castrense.

La base militar de Maracay, que estaba en estado de alerta máxima, ejecutó de inmediato las órdenes que venían de Miraflores y, en apenas quince minutos, ya le habían dado alcance al avión bielorruso a la altura la península de Araya en el extremo oriental de Petrólea.

De los cuatro caza-bombarderos de la fuerza aérea petroleana, dos permanecieron en la retaguardia del avión fugitivo, mientras que los dos restantes volaban de lado y lado del enorme avión Antonov de la fuerza aérea bielorrusa indicándole que diera vuelta para regresar de nuevo al aeropuerto de Maiquetía bajo amenaza de ser derribado.

Una vez en tierra, un pelotón de soldados de la guardia nacional petroleana salió al encuentro del avión, haciendo bajar a todos los pasajeros que iban a bordo, descubriendo, con enorme sorpresa, que entre ellos, efectivamente, iban el presidente Madeira y su señora esposa.

# Es hora de reavivar la esperanza

Gabriel se preparaba para su viaje a Anchorage, gélida ciudad en la que trabajaría por unos meses, adaptando su algoritmo de cálculo ionosférico para el proyecto HAARP. Sin embargo, su mente estaba proyectando su regreso a Petrólea. La caída de Madeira era inminente y ya estaba cansado de dar vueltas por el mundo.

Soñaba con establecerse en las montañas merideñas para invertir en un proyecto personal en el que tenían cabida todos a quienes había conocido en el último año. Incluida su amiga Antonia Etxandia, que criaba un hijo biológico suyo. Ella se había separado nuevamente de Norbert Ohm, quien no pudo superar jamás que la semilla del hijo que criaban no era suya.

También incluía, en su proyecto de ciudadela en las montañas, a Sáwaro, Françoise y Ousmane. Por supuesto que no olvidaba a Mamadou, aun cuando este le recordaba a Loraina. Después de que supo que gracias al cocinero de Kourou y Sáwaro, los servicios de inteligencia franceses pudieron aportar pistas determinantes para su rescate del penoso cautiverio en la amazonia de Petrólea, no podía omitirlo en sus planes. Pensaba que les debía la vida a ellos dos y sentía el deber de gratificarles de alguna forma el que hubiesen contribuido con salvarlo de los esbirros cubanos que subrepticiamente invadieron Petrólea bajo la mirada complaciente del gobierno de Nicanor Madeira.

Pensaba en su madre Josefina, que a pesar de haber resuelto junto a su marido Jim su estabilidad material en la hacienda en el estado de Ohio, la situación se estaba tornando cada vez más incómoda por la serie de prejuicios en su contra, atizados por el padre de Miela, esposa de Daniel, el cuñado de su madre. Ya había hablado con ella y la idea le pareció atractiva. Claro, todo dependía de que Madeira cayera y de que el país se estabilizara políticamente, siendo esta última condición la más difícil de lograr, pues se pronosticaba que la intervención cubana de Petrólea encendería el país por los cuatro costados antes de abandonarla y tal vez esta era la razón de que la deposición de Madeira se hubiese tardado más de lo que se esperaba y deseaba.

La patente de su algoritmo le había permitido acumular enormes cantidades de dinero. En los Emiratos Árabes Unidos, el experimento climático del proyecto Tláloc ya estaba comenzando a dar prometedores resultados. La capacidad de generación de lluvias propias en torno a los oasis de Al Liwa y Al Buraymi, en medio del desierto Rub al-Jali, sobre los cuales se aplicó el control climático ejercido con el uso del algoritmo, aumentaba aceleradamente.

El proyecto de Gabriel consistía en crear una fundación para invertir su riqueza, en la búsqueda de ventajas económicas no reveladas en suelo de Petrólea, con la finalidad de ayudar al país a salir de la diabólica dependencia de la producción de hidrocarburos y de la perniciosa actividad extractiva de oro, diamantes y coltán. En realidad, ese era un viejo sueño de su difunto padrastro Karl, quien incluso tenía una lista de los proyectos a realizar. En esa lista se incluían inversiones en el área de las plantas medicinales, del cultivo masivo de salmón en las montañas merideñas, de importantes centros turísticos en diferentes lugares del país y quizá, el más importante de todos los proyectos, el desarrollo de alianzas estratégicas con Colombia para la creación de un eficiente corredor bioceánico, mediante inversiones para el trazado y construcción de una eficiente vía férrea entre los dos países que conecte a los dos océanos.

Gabriel sabía que, apenas se tranquilizara el ambiente político de Petrólea, la avalancha de inversionistas iba a ser tal que jugaría enorme importancia el orden de llegada de los capitales. Es decir, se proyectaban mayores ganancias para quienes arriesgaran antes que los demás.

La noche anterior había llamado a Antonia, que se encontraba en Karlsruhe, para que contactara a su abogado-albacea, el señor Topp. Su idea era hacer que este se preparara para una poderosa inversión en Petrólea. El señor Topp sabía de qué se trataba, pues este tema le había sido expuesto con mucha antelación por el señor Karl Sonntag antes de morir.

# Y de nuevo, Venezuela

Desde la destrucción de Nueva Habana en el estado Cojedes de la República Socialista de Petrólea, hasta que finalmente cayó la dictadura de Madeira, transcurrió algún tiempo, pues el régimen intentó extorsionar a sus detractores con la destrucción total de la red productiva de la nación, comenzando por la industria petrolera, pasando por el sistema eléctrico nacional y terminando por la infraestructura esclavista, instalada en el Arco Minero en el que ocurrieron tantos atropellos de la población indígena de esa región.

El desmontaje del sustrato militar que daba apoyo al régimen de Petrólea, favorecido por la vista complaciente del gobierno ante sus prácticas corruptas, fue lo más espinoso, pero finalmente pudo lograrse con la invasión desde Brasil y Colombia de un ejército de liberación conformado por soldados de la diáspora venezolana en esos países y financiado con los recursos que se lograron incautar de la inmensa e intrincada red de depósitos bancarios a nombre de testaferros de Madeira diseminada a lo largo de los paraísos fiscales del mundo.

Esa invasión fue el elemento catalizador del tan esperado desmoronamiento de Nicolás Madeira; así como la coalición militar latinoamericana —subsidiaria de la OTAN— que dificultó el acceso desde Rusia y China de armamento y asesoría militar fue también de crucial importancia en la deposición del régimen.

Hubo gran tensión mundial en torno al futuro de Petrólea, pero finalmente las grandes potencias lograron pactar un acuerdo para establecer nuevas leyes del juego hegemónico mundial en el que los contendores cedían posiciones geoestratégicas que le dieron al planeta un equilibrio situacional.

Cuba quedó muy mal parada, toda vez que tuvo que replegar sus huestes a la isla en momentos en los que el cambio climático amenazaba con devorarla en las convulsionadas entrañas marítimas del Caribe.

El mundo comenzó a cambiar muy rápidamente a raíz de las tajantes evidencias de que la población de la humanidad se reducía drásticamente. La política mundial y los enfrentamientos por la hegemonía económica de los grandes capitales pasaron a un segundo plano. Ahora se trataba de galopar hacia un futuro desolado por los vestigios de una era derrochadora de la bondad del planeta.

Para Petrólea, a la que se le restituyó su viejo nombre de Venezuela, el destino terminaría por favorecerla, toda vez que, de las cenizas del régimen de Madeira se erigió toda una potencia productiva que se creó a imagen y semejanza de los nuevos tiempos, con inversión fresca que condujo a la construcción de una nación que, a la postre, se erigiría como una de las economías más sólidas y diversificadas del mundo, aislada relativamente de la voracidad catastrófica del cambio climático.

Un nuevo gobierno de consenso se instauró con personas que habían aprendido las lecciones que la oscura era petroleana les había dado a los habitantes de Venezuela, haciendo que el sacrificio de dos décadas de penurias y saqueos se convirtiera en el activo más preciado del afortunado país.

El dictador Madeira, su esposa y la mayoría de sus acólitos en el gobierno lograron huir ilesos, algunos a Rusia y Turquía y otros a Irán. El general Monsanto regresó a Cuba y fue destacado en una nueva misión a México.

Gabriel regresó a su patria decidido a hacer realidad su proyecto. Compró grandes extensiones de tierra en los Andes merideños sobre las que comenzó a construir las instalaciones que albergarían su cuantiosa inversión.

Dejó de participar directamente en la supervisión del funcionamiento de su algoritmo de ubicación ionosférica y creó, para ello, un equipo de científicos de la universidad de Karlsruhe dirigido por el doctor Max Schäffer. Su abogado, el señor Ralf Topp, se encargaría de vigilar el cobro de las jugosas regalías por la utilización exclusiva y comercial de su patente en proyectos de control climático de los desiertos. Prohibió su uso como apoyo a las armas tectónicas y de control climático con fines militares. Sin embargo, unos años más tarde, nuevos procedimientos, la mayoría secretos, sustituyeron paulatinamente al algoritmo, apoyados sobre nuevos principios tecnológicos para la proliferación de nuevos mecanismos de coerción militar.

El área de los oasis en los Emiratos Árabes Unidos se multiplicó por diez y se proyectaba que, en cien años, el proyecto Tláloc haría fértil al menos un tercio de los desiertos de ese país. Uno de los efectos imprevisibles del proyecto Tláloc fue la disminución significativa de las tensiones del Medio Oriente, toda vez que Israel se sumó a las naciones que utilizaron el algoritmo en proyectos similares al Tláloc, haciendo menos tensa la necesidad de control expansivo de su territorio hacia Palestina, quien también gozó de los beneficios de la generación de tierra fértil en las áridas y desérticas áreas de su entorno nacional.

Antonia Etxandia accedió a darle la paternidad de su hijo Karl a Gabriel, quien, a fin de cuentas era su verdadero padre biológico. Ambos estudiaban la posibilidad de casarse para vivir juntos en Venezuela. Gabriel le cedió a Ángela, la madre de Antonia —antigua ama de llaves de los Sonntag, sus padres adoptivos— la amplia y confortable casa de Karlsruhe; también le asignó una generosa pensión de vejez para que no tuviera que trabajar más.

Josefina, madre de Gabriel, junto a su marido, el coronel Jim Luce, no cejaron en su afán de imponer su derecho a vivir en paz en Newark, Ohio. Gracias a su perseverancia lograron imponerse ante el oscurantismo amish y fortalecieron su industria agroalimentaria hasta convertirse en un importante referente económico del estado de Ohio. Sin embargo, Daniel y Miela aceptaron la oferta de Gabriel de mudarse a Venezuela con sus cinco hijos para acompañarlo en su proyecto en las montañas andinas. Liselotte, la hija de Josefina y Jim, estaba creciendo muy bella e inteligente. Ya revelaba indicios de poseer las capacidades, que, desde muy temprana edad, había mostrado Gabriel a sus padres adoptivos.

Después de haber ganado el premio Pulitzer por su reportaje *Masacre en el Arco Minero* de la otrora Petrólea, Françoise Machery se mudó a una cabaña que compró con su marido, Ousmane Diouf, en los Alpes suizos. Sáwaro, el indio warao que quedó al cuidado de la pareja después del sangriento incidente, se quedó en el apartamento de los Machery-Diouf en París. Al cumplir la mayoría de edad decidió regresar a Venezuela atraído por la oferta que le hizo llegar Gabriel, con quien mantuvo siempre contacto, para que lo apoyara en la dirección de su empresa. Lo mismo hizo Mamadou Diouf, a quien le gustó la idea de regresar a América Latina a la que extrañaba después de que lo despidieran de la cocina de Kourou, por haber contratado a Loraina Karico.

# El esperado regreso

D espués de un largo periplo de siete años, Gabriel Cantarrana regresaba de nuevo a Venezuela. Viajaba solo, adelantándose a Antonia y a su hijo *Karlchen,* que era como lo llamaban para diferenciarlo de su difunto abuelo, Karl Sonntag, de quien había heredado el nombre. En el aeropuerto de Maiquetía aún colgaban letreros rojos, alusivos a los tiempos de Madeira, con consignas marxistas, que intentaban tapar mediáticamente la farsa aliñada por la retórica socialista que tanto daño le hizo al país y que obligó a cerca de diez millones de venezolanos a huir, para hacerse víctimas de la terrible realidad del emigrante, en tierras donde no se era bienvenido.

Como él, regresaban felizmente al país, hordas de venezolanos atraídos por el calor del terruño que los vio nacer, amparados por programas de ayuda económica para facilitar y hacer menos traumático el retorno. Sin embargo, la situación para Latinoamérica no era nada fácil, pues allí de donde regresaban, dejaban un enorme vacío que estaba resintiendo el equilibrio de aquellos mercados laborales que los recibieron.

La situación no era tan engorrosa para aquellas familias pudientes que habían logrado emigrar hacia Europa y Estados Unidos, pues se trataba de gente con suficiente poder adquisitivo para hacer del retorno una aventura exótica, y aquellos que no eran tan afortunados preferían quedarse en el primer mundo.

Gabriel tomó una conexión con un vuelo nacional hacia la ciudad de Mérida, una de las ciudades más devastadas por la *kakistocracia* Madeirista. En Newark, había obtenido muchas referencias sobre su infancia directamente narradas por su madre. Entre ellas, su nacimiento en la posada Los Sauces y la revelación de que, definitivamente, él era hijo del comerciante árabe Said, de Mucuchíes. A su madre Josefina no le cabía la menor duda después de haberlo visto en persona luego de su encuentro en Newark. Antes de eso, Josefina albergaba dudas acerca de si era Said o el padre Antonio, párroco de Mucuchíes, el padre biológico de Gabriel. Algo de ello ya le había sido adelantado en la *tablet* con una larga epístola acompañada de decenas de fotografías que le envió con su marido Jim a la base militar norteamericana en Colombia.

Una vez en Mérida viajó en un taxi a la agradable casa de los Sonntag donde transcurrió su alegre infancia con ellos. El jardín lucía muy enmontado, sin embargo, la casa había sido cuidada por un matrimonio de campesinos que vivió alquilado en ella durante la ausencia de Gabriel. Al ver que la familia parecía nerviosa por el temor de ser desalojados, Gabriel los tranquilizó diciéndoles que no se preocuparan que él solo estaba de paso y que no pretendía sacarlos de la propiedad. Solo era una visita para refrescar la memoria de aquella infancia con los Sonntag. Le preguntó a los inquilinos sobre la posada Los Sauces, obtuvo las indicaciones que buscaba y prosiguió su viaje hacia la posada. Allí conoció a la señora Betania, la mejor amiga de su madrastra Liselotte, quien al verlo lo reconoció de inmediato. Ella lo había visto crecer en la distancia, para evitar alguna metida de pata con relación al hecho de que había sido su amiga Liselotte quien había planificado en secreto su adopción sin consultarle a su marido Karl, el cual, nunca supo que ella había ayudado a Josefina con el parto y los primeros meses de Gabriel en la posada Los Sauces.

Betania, al igual que Josefina, de inmediato supo que Gabriel era hijo de Said, pues su parecido era innegable. Sin embargo, su magnánima discreción le ocultó su sorpresa y no le comentó nada, pues no sabía hasta qué punto él estaba al tanto del asunto. No fue hasta que Gabriel directamente le preguntó si ella sabía dónde quedaba el «Bazar El Paisano» en Mucuchíes, cuando intuyó las intenciones de Gabriel de visitar a su padre biológico.

# La vieja *Pantera*

En la posada Los Sauces, la señora Betania lo atendió con mucho cariño. En la sala de la casa estuvieron entretenidos conversando sobre aquellos días en los que su madre Josefina estuvo alojada allí, como una reina, por instrucciones de su madrastra Liselotte. Hojearon un álbum en el que la señora Betania había organizado, por estricto orden cronológico, las fotos de su estadía en la posada después de su nacimiento. Afuera lo esperaba el chofer del taxi a quien le había pagado el día al salir del aeropuerto de la vecina ciudad de El Vigía rumbo al páramo andino.

Al cabo de cerca de una hora, Gabriel estaba listo para proseguir hacia el pueblo de Mucuchíes, pero cuando él y su chofer se disponían a partir, la señora Betania salió corriendo desde adentro llamándolo para que se detuviera.

—¡Señor Cantarrana, espere por favor! —El taxi se detuvo y Gabriel salió al encuentro de la señora Betania que corría hacia él, campaneando un enorme llavero que llevaba en la mano derecha—. Quiero enseñarle algo que sé que le va a interesar.

Caminaron de regreso a la posada y se dirigieron hacia un depósito cerrado que quedaba al lado de la misma. La señora Betania, después de encontrar la llave indicada en el llavero, abrió el candado que cerraba el gran portón de madera que escondía un automóvil totalmente cubierto por una lona que lo protegía del polvo.

—Ayúdeme a quitarle la cubierta que yo estoy muy vieja y el lumbago no me lo perdonará si lo hago sola —dijo la señora Betania levantando uno de los extremos de la lona.

Así, entre los dos, finalmente quitaron la cubierta protectora descubriendo a la *Pantera*, el viejo Volkswagen azul de su padrastro, muy bien cuidado y lustrado.

—Este me lo dejó la señora Liselotte, diciéndome que lo cuidara muy bien, antes de viajar de regreso a Alemania. Después no vino nadie a reclamarlo y yo lo cuidé con mucho cariño. Gonzalo, el jardinero, lo encendió y limpió religiosamente todas las semanas. Me imagino que querrá conservarlo y usarlo ahora que está de regreso.

La cantidad de recuerdos que aquel escarabajo le hizo evocar a Gabriel le hicieron brotar un par de lágrimas de la conmoción.

—¡Caramba, señora Betania! ¡Qué grata sorpresa me está dando! —dijo con voz quebrada Gabriel mientras la señora Betania, sonriente, le entregaba las llaves del vehículo.

Al comprobar que la *Pantera* estaba en perfectas condiciones, le pagó al taxista y lo despidió. De modo que, a partir de ese momento, prosiguió solo su viaje hacia Mucuchíes con destino hacia el «Bazar El Paisano» conduciendo el flamante Volkswagen del año 1959 de su padrastro Karl Sonntag.

La carretera estaba llena de huecos y sus cunetas totalmente tapadas por el monte después de tantos años de descuido. Sin embargo, cada par de kilómetros se veían cuadrillas trabajando a ambos lados de la carretera. El ambiente era de mucha alegría. Todos se sonreían unos otros, como en señal de una tácita complicidad: «¡Muerte a Madeira!» gritaba un obrero desde la cuneta mientras que, con machete en mano, la limpiaba.

Había mucho movimiento y festividad por todas partes, debido a la campaña electoral que había dado inicio para la próxima celebración de las primeras elecciones limpias y competitivas en más de veinte años. Con la caída del dictador salieron a relucir muchos trapos sucios que ponían en evidencia el fraude electoral en los sufragios celebrados durante el régimen, por lo que se adelantaban órdenes de extradición de las autoridades electorales impuestas por Madeira.

Mirando por el espejo retrovisor, Gabriel pudo ver que un lujoso Mercedes Benz todo terreno con los vidrios ahumados lo venía siguiendo, manteniendo una distancia de aproximadamente cien metros. Al principio no le hizo caso, pero al ver que la imagen del automóvil permanecía por mucho tiempo en el espejo retrovisor, comenzó a preocuparse. La dictadura había caído, pero eso no significaba que el país ya era seguro. El recuerdo de su secuestro por el G2 cubano en la ciudad de Cayenne revivió, con detalles, en su memoria.

De pronto vio que se avecinaba un puesto de vigilancia de la policía de tránsito en la carretera y decidió detenerse para ver qué hacía el automóvil que lo perseguía, el cual, para su sorpresa, se detuvo manteniendo la distancia que venía guardando. Gabriel se bajó del Volkswagen y le informó a los policías, señalando hacia el Mercedes, que aquel vehículo lo venía siguiendo y que temía por su seguridad. De inmediato, uno de los policías se dirigió hacia el Mercedes y le pidió que se estacionara al lado del puesto de comando. El conductor obedeció las órdenes y se bajaron del automóvil  dos corpulentos y atléticos hombres, los cuales le explicaron algo al policía quien caminó hacia Gabriel diciéndole:

—Señor, las personas que lo vienen siguiendo dicen que son sus guardaespaldas.

—¿Cómo es posible? Yo no he contratado ningún servicio de guardaespaldas.

—Vaya usted mismo y aclárelo con ellos —contestó el policía.

Cuando se acercó a ellos, pudo reconocer que uno de los hombres trabajaba como personal de seguridad en la Siemens de Karlsruhe. Era el señor Helmut Löffler quien había sido su chofer en esa ciudad.

—Señor Cantarrana, permítanos presentarnos. Nosotros somos su personal de seguridad. El señor Max Schäffer, le envía saludos —dijo el hombre entregándole un sobre en el que había un documento que explicaba el asunto, el cual Gabriel leyó y devolvió amablemente.

A pesar de que le molestaba no haber sido consultado para la designación de un equipo de guardaespaldas propio, se sintió más tranquilo y prosiguió su viaje hacia Mucuchíes, dispuesto a husmear en el Bazar El Paisano.

# La importancia del retorno

La poderosa mente de Gabriel procesaba minuciosamente todo lo que veía a su paso. Siete años fuera del país eran suficientes para adquirir la distancia necesaria y poder apreciar los cambios con respecto del momento de haber salido del país.

Recordaba sus conversaciones a la orilla del río con su padrastro y mentor Karl Sonntag, simulando que pescaban, pues eran muy malos haciéndolo. En aquellos encuentros Gabriel recibía la más exquisita instrucción de uno de los seres más ilustrados del mundo. Parecía un personaje devenido de la mítica y legendaria Castalia, templo del saber de la humanidad, sobre el que el señor Sonntag le relató algunas historias. De hecho, después de escucharlas quedó marcado para siempre por la impresión de haber nacido con el propósito divino de cubrir una existencia similar a la de un aventajado pupilo de Castalia.

A Gabriel, los relatos acerca de la segunda post guerra en Alemania le decían que superar los estragos de la dictadura de Madeira sería un esfuerzo que determinaría la existencia de varias generaciones a futuro y, lo más grave aún, en momentos en los que una gran incertidumbre se cernía sobre la población del planeta como consecuencia del cambio climático y la sistemática pasividad de los gobiernos más poderosos ante los cambios necesarios para revertirlo.

Miraba fijamente a cada persona, cada niño, cada anciano de la calle. Eran muy obvios los vestigios de una prolongada hambruna de la población, sobre todo en los niños, a los que se les podía ver cómo la piel se adhería al entorno de las fosas oculares por encima de los pómulos, delatando niveles serios de desnutrición. Razonaba que, dada la frecuencia con la que se topaba con escenas similares, para que Venezuela superara los estragos de la dictadura, tendrían que transcurrir décadas de un ininterrumpido esfuerzo de reconstrucción nacional. Cualquier desfallecimiento en las políticas de superación de la crisis, sería como comenzar de nuevo.

Para Gabriel su inteligencia era su más cruel tortura, pues estaba consciente de hechos y nociones que la mayoría ignoraba. Por ejemplo, sus cálculos mentales basados en números gruesos, pero a la vez precisos, arrojaban una población de cuatro millones de niños menores de ocho años con desnutrición severa. Las nefastas implicaciones de esto sobre el futuro del país eran abominables, pues se trataba de una población que, al no recibir la alimentación adecuada durante esos años cruciales, se le estaba condenando a una existencia signada por enormes dificultades para el aprendizaje, es decir, un negro futuro para la fuerza de trabajo de Venezuela gestada en la era de Madeira. Por ello consideraba que, para salirle al paso a este grave obstáculo en el desarrollo de la recién liberada nación, era muy importante el retorno masivo de la diáspora que en forma explosiva invadió los mercados laborales de los países vecinos.

Al llegar a Mucuchíes siguió las instrucciones de la señora Betania, y al cabo de pocos minutos estacionaba en la acera frente al «Bazar El Paisano». Apagó el motor, subió la ventanilla y se bajó del automóvil. El Mercedes Benz rústico se estacionó justo detrás y sus pasajeros permanecieron ocultos detrás del vidrio ahumado. Gabriel cruzó la calle y entró al local. Se escuchaba música árabe a muy bajo volumen. De inmediato, una bella vendedora con ojos de odalisca, se le puso a la orden, lo que Gabriel agradeció cortésmente. Una obesa y elegante señora mayor, sentada detrás de un escritorio tras el mostrador, lo veía por encima de los lentes mientras sostenía una lista de precios que revisaba justo al momento en el que Gabriel hizo entrada en la tienda.

La señora no pudo esconder su sorpresa al ver entrar a Gabriel, era como si un fantasma hubiese irrumpido en el lugar. De inmediato gritó algo en árabe y la *odalisca* sacó una pastilla de una gaveta cerca del mostrador, buscó un vaso que llenó de agua y se lo llevó a la señora corriendo rápido, a pasitos muy pequeños.

# Los rostros se repiten

A l entregarle la pastilla y el agua a la señora salió de prisa por unas escaleras que conducían a la parte superior de la tienda, desde donde se escuchó luego una ruidosa algarabía que culminó con un tropel de gente bajando nuevamente por las escaleras, para asomarse a ver al desconocido que estaba en la tienda husmeando entre la mercancía.

De pronto, una tras otra, llegaron al mostrador, en total, cuatro bellas mujeres que parecían hermanas, a juzgar por el sello que los ojos de todas le imprimían a su innegable parentesco con la señora del escritorio, que aún murmuraba exaltada, lenguaradas en árabe. Todas le sonreían amablemente, pero con un dejo de empalagoso escudriño visual, que distaba mucho de ser lo común en lo que a atención al cliente se refiere. Había algo que Gabriel ignoraba y que explicaba el que lo vieran como si se tratase de una famosa estrella de rock.

Incluso, cuando llegaron los apuestos sementales que lo custodiaban, ninguna de las mujeres en el «Bazar El Paisano» les prestó atención, mientras depositaban toda su curiosidad a cada movimiento de Gabriel.

Luego de estudiar el lugar, gracias a las muchas horas de internet a lo largo de su vida y a su gran capacidad de discernimiento, Gabriel pudo deducir que se trataba de árabes pertenecientes a la Iglesia cristiana maronita del Líbano; le bastó ver un pequeño altar, dedicado al santo más popular de esa iglesia, San Charbel Makhlouf, cuya estatuilla vigilaba el lugar empoderada por un velón amarillo que lo antecedía en el pequeño pódium, para saberlo. Al lado de la estatuilla se erguía un pequeño portarretratos que mostraba una vieja fotografía de un hombre joven; de inmediato supo que era la imagen de su padre. Ese era el motivo del sobresalto de la señora: ¡Gabriel era fenotípicamente idéntico a su padre!

Al lado de la fotografía había otro velón rojo encendido que le hizo pensar a Gabriel que había llegado tarde para conocer a su padre biológico, cosa que lo desilusionó mucho.

En la tienda se vendía principalmente ropa y zapatos, pero también había una vitrina mediana dentro de la cual se exhibían los más variados objetos de quincallería, entre los que se encontraba un termo que llamó la atención de Gabriel por considerar que le podría ser de utilidad en el cuarto del hotel que eligiera para hospedarse. Así que le pidió a la chica que lo había atendido, que lo sacara del mostrador porque lo quería comprar y, cuando lo hacía, le preguntó en voz baja mientras todas los miraban desde el escritorio de la señora:

—¿Quién es el hombre de la fotografía? Si se puede saber...

—Ese es nuestro padre Said —contestó la muchacha

—¿Padre de todas ustedes? —replicó Gabriel

—¡Sííí! –contestó la muchacha señalando a las otras tres que acompañaban a la señora, que obviamente era la madre.

—¿Ya murió? —volvió preguntar Gabriel.

—¡No! Dios no lo quiera. Está muy enfermito..., pero tenemos fe en que Diosito lo va a cuidar y le va a dar muchos años más. Tiene una deficiencia renal que lo obliga a ser dializado una vez por semana. Es muy difícil conseguir, en las condiciones en las que aún está el país, un trasplante de riñón, y para lograr un turno en la lista de infinita espera para estas intervenciones hay que pagar muchísimo dinero. Mientras más dinero pagues, más pronto sería la operación.

Un intenso y eléctrico cosquilleo que le hizo erizar los vellos del brazo lo invadió al cavilar que todas esas bellas mujeres eran sus hermanas de sangre.

# Un escrutinio visual

Mientras Gabriel estaba sumido en la semiótica que le era posible percibir acerca de cada detalle emanado del encuentro en el Bazar El Paisano, se escuchaban los pasos cautelosos de alguien que descendía por las escaleras, ocultas al público, desde el piso superior del bazar. Eran muchos escalones y quien bajaba lo hacía acompañado de lo que podría ser un bastón, un escalón a la vez. La muchacha que lo atendía, que parecía ser la mayor de todas las jóvenes, le hizo una señal a una de sus hermanas acompañada de una orden en árabe que terminaba en la palabra *taita*, fonemas que para muchas culturas, entre ellas la árabe, era sinónimo de padre. De modo que Gabriel ya podía anticipar que quien bajaba era su padre biológico. Una de las muchachas salió al encuentro de la persona que descendía y se escuchó de nuevo un taconeo que delataba un pequeño forcejeo en la baranda de la escalera, para evitar que el misterioso paso se convirtiera en una estrepitosa caída.

Finalmente, un anciano flaco y desgarbado, de mediana altura, entraba al almacén por la puerta que hacía antesala a la escalera oculta tras la pared. Vestía una vieja bata, calzaba cómodas y viejas pantuflas de cuero y, lo que sonaba como un bastón, resultó ser un paral de acero, del cual pendía una bolsa plástica con cierto líquido rosado en el interior.

Si antes había sentido que se le erizaban los vellos de la nuca, ahora la sensación se intensificaba produciéndole un cosquilleo cardiovascular en las palmas de ambas manos. Era innegable que aquel anciano era su padre. En la mirada, la forma de mover las cejas y su modo de caminar —aun ayudado por el paral de acero— podía ver su propio vaivén de caderas mientras el viejo arrastraba las pantuflas.

La señora gorda se puso de pie y le cedió al anciano la silla frente al escritorio mientras le hablaba en voz baja. Con dificultades para doblar la espalda, las hijas lo ayudaron a sentarse tomándolo por los hombros hasta depositarlo sobre la silla. Finalmente, jadeante por el esfuerzo, levantó la mirada y clavó sus ojos sobre el curioso cliente. Gabriel pudo notar cómo, después de un par de segundos, de una mirada pausada y tranquila pasó a un minucioso escrutinio visual que no cesó hasta que le dijo algo al oído a la señora.

—Mi esposo Said pregunta si no gusta usted acompañarlo a tomar una taza de té. Gabriel sin titubear respondió:

—La verdad es que con este frío, un té me caería de maravilla.

—¿Esos señores que ven por la vitrina desde afuera, están con usted? —volvió a preguntar la señora mientras sus hijas, en esta oportunidad, sí mostraban sonrientes cierto interés por los señores.

—¡Pues sí! No lo puedo negar, esos señores están conmigo.

De inmediato, todas las mujeres se aprestaron para disponer sobre el mostrador una bandeja con unas tazas de vidrio con asas de metal, al mismo tiempo que la mayor de ellas, invitaba a pasar a los dos corpulentos hombres que desde afuera vigilaban la seguridad de Gabriel.

# De familia numerosa

Al cabo de pocos minutos, una de las muchachas traía el té humeante en una tetera que esparcía el peculiar aroma del cardamomo, la canela y la hierba buena por todo el lugar. El señor Said ordenó que sirvieran primero a los invitados. Primero Gabriel y luego los dos guardaespaldas de quienes solo sabía el nombre de Helmut, de modo que le preguntó a este discretamente, en voz baja, el nombre del otro.

—Él se llama Abdul y es de los Emiratos. Lo envía directamente el Emir para tu protección, como muestra de agradecimiento a tu importante aporte a ese país —respondió Helmut.

Los dos hombres se aclimataron muy bien en el bazar, y al cabo de pocos minutos Abdul estaba hablando en árabe con la mayor de las muchachas después de recibir de ella la taza de té.

—¡Ah! ¡Qué sorpresa! Pero si el señor habla yemení —dijo el señor Said—. Bueno, aunque no es igual al magreb del Líbano, siempre algo se le puede entender. Es como el portugués y el español.

A lo cual Helmut agregó, intentando llamar la atención de la muchacha:

—Como el holandés y el alemán. —Pero nadie le hizo caso, a excepción de otra de las muchachas que le sonrió mostrándole todos los dientes perfectamente formados, cual si fueran perlas nacaradas.

Helmut, guardaespaldas entrenado en la rigurosa Bundesnachrichtendienst (BND) de la cancillería alemana, que estaba acostumbrado a prestar metódicamente mucha atención a todos los detalles de su entorno circundante, ya había notado el asombroso parecido entre la foto, sobre la repisa tras el velón, y su protegido. Suponiendo que se trataba de algún familiar, e ignorando los detalles, cometió la indiscreción de mencionar el asunto:

—¿Ustedes son familia? —Refiriéndose a Gabriel y el resto de los presentes tras el mostrador del bazar. Pero el Señor Said, rápido y sagaz interrumpió diciendo:

—Todos somos hermanos ante los ojos de Dios. —Rompiendo con ello la tensión suscitada por la prematura e indiscreta pregunta del alemán.

Era obvio que la presencia de Gabriel, investido con su gran parecido con el cabeza de la familia, había provocado que el señor Said trascendiera el umbral de la famosa hospitalidad árabe: hizo traer dátiles y duraznos secos para ofrecer a sus invitados, sumidos en una trivial conversación que poco a poco fue extendiéndose, y mandó a cerrar la santamaría para evitar ser molestados por los clientes del negocio.

Al cabo de los primeros minutos, Gabriel ya sabía el nombre de sus hermanas de sangre. La mayor se llamaba Samia, luego venía Jasmín seguida por Taruh y finalmente Nashwa. Todas separadas por un año entre una y otra.

Debido a la interesada pregunta de Said acerca de la edad de Gabriel, el padre pudo determinar —como lo suponía— que él era el menor. A pesar de que sus ademanes, madurez y la sabiduría que mostraba en su conversación, hacía que pareciera mayor.

Por otra parte, Gabriel había conocido en Newark, Ohio, un par de años atrás, a su hermanita Liselotte, la hija de su madre Josefina con su esposo, el coronel Jim Luce. De modo que, de haber sido toda la vida una criatura solitaria, de pronto pasó a tener una numerosa familia. Claro, todo solo estaba en su mente. Todas las emociones por las que estaba pasando solo estaban en su interior y, en esa intimidad, disfrutaba secretamente los acontecimientos.

# ¿Está dispuesto a portar mi apellido?

Ya había oscurecido cuando el señor Said, después de guiñarle el ojo a Gabriel, lo invitó, con un ademán de su mano izquierda, a seguirlo por las escaleras, las cuales comenzó a subir, utilizando el paral de acero que sostenía la bolsa de plástico transparente llena del líquido rosado. Mientras tanto, Helmut y Abdul habían entrado en calor, gracias a una botella de arak libanés que había sacado el señor Said para ofrecerle a su inesperada visita. Cada uno, en una competencia de testosterona, contaba las anécdotas más inverosímiles de sus vidas de mercenarios en diferentes lugares del mundo.

Gabriel llevó la cuenta de los escalones. Eran veinte empinados peldaños que conducían a lo que, desde abajo, parecía ser la entrada a un corredor coronado por un arco con celosía de madera. Al igual que cuando bajó, cada paso era acompañado por el eco sordo del paral de acero. Al llegar arriba, entraron en un amplio salón cubierto de alfombras dispuestas a lo largo del piso cubriéndolo todo. Recostadas a las paredes había muchas repisas llenas de finas figurillas de porcelana de Lladró, todas perfectamente limpias sin ningún rastro de polvo sobre ellas. Era la preciada colección de Jamila, la esposa de Said, que a lo largo de los años se había hecho traer desde España. La mayoría de los motivos ornamentales expresados en las figuras eran escenas de gente trabajando: zapatero, agricultor, panadero…, en fin, de cuanto oficio pudiese uno imaginar, era seguro que había alguna figura en la repisa.

Atravesaron la sala y se adentraron en una habitación cuya puerta estaba al final de la estancia. El señor Said se sentó tras un escritorio de fino ébano y, tras pedirle que cerrara la puerta, le indicó que se sentara en una poltrona que estaba frente al escritorio.

—Entonces, señor Gabriel, ¿cuál es la historia? Estoy seguro de que usted tiene una historia para mí. Pero antes, deje que yo le cuente una primero, para ambientarlo en el tema —respiró profundo y prosiguió—.

Yo me vine del Líbano en el año 1979, cuando mi padre me pidió que saliera del país y me viniera para Venezuela, pues la guerra estaba a punto de estallar. —Sacó un viejo álbum de fotografías e, indicándole con el índice una foto le dijo—: este era mi padre que se llamaba también Said.

La foto mostraba de la cintura para arriba a un hombre joven que también se parecía mucho al señor Said y por lo tanto guardaba también un gran parecido con Gabriel.

—El temor de mi papá era que, al ser yo el único varón que portaba el apellido Saad en la familia, la inminente guerra terminara con la transmisión del apellido. Al final, la guerra estalló y mi padre murió en una explosión que acabó con toda mi familia. Aquí me establecí y monté este comercio y poco a poco fui prosperando. Me casé con Jamila y con ella tuve a mis cuatro bellas hijas que, al casarse, como es costumbre, tendrán, si Dios quiere, hijos que no portarán el apellido Saad.

»Jamila proviene de una familia de mujeres que paren solo mujeres y, a sabiendas de ello, le conté mis temores de que se perdiera mi apellido. Cuando nació nuestra cuarta hija, Nashwa, fue ella misma quien me propuso que intentara tener un hijo fuera del matrimonio. Así lo hicimos y rezamos mucho para que no fuera en vano su sacrificio de orgullo. Llegó la dictadura de Madeira a Venezuela y las cosas fueron de peor en peor. Tuvimos la oportunidad de salir del país, pero eso significaba que nunca íbamos a saber el resultado de las plegarias de Jamila, por lo que decidimos permanecer en Venezuela sin importar la debacle de nuestro modesto negocio familiar.

»Hoy es un día muy feliz para nosotros porque, al verlo entrar, Jamila de inmediato supo quién era usted, lo que afortunadamente corroboramos al escuchar su apellido: Cantarrana. El mismo que llevaba la joven que recibió mi semilla y de la cual nunca tuve noticias hasta verlo entrar a mi negocio. Así que, señor Gabriel, lo único que necesito escuchar de usted es que me confirme que, efectivamente, es usted mi hijo y que está dispuesto a portar, también, mi apellido.

# Yo soy Cantarrana

Las últimas palabras de Said resonaron en la memoria de Gabriel como un enorme cascanueces, sin embargo, dada su ajetreada pero muy afortunada existencia, su capacidad de asombro era infinita. Mantuvo la calma en su apariencia exterior y sentado plácidamente en la poltrona respondió lenta e hiladamente, como si las palabras le vinieran desde lo profundo del alma:

—Amigo Said. Sí… amigo, le digo. Yo he crecido sin que los que me engendraron me hayan acompañado. Sin embargo, quienes sí lo hicieron, personas que nunca pudieron tener hijos, jamás condicionaron su amor y solidaridad a ataduras como las que usted propone. Entiendo perfectamente sus razones cargadas de tribulación, a mi juicio innecesaria, pues la genética no es lo único que hace a una familia. Por honor y respeto a sus hermosas hijas, debo declinar a su decorosa propuesta de regalarme el apellido. Yo porto, con mucho orgullo, el apellido de soltera de mi pobre madre, a quien conozco desde hace muy poco, y que llevo como una bandera de las circunstancias que me condujeron a ser después el hijo de una familia alemana de quienes no tengo el apellido pero si su educación y herencia.

»Durante la era de la hoy extinta República Socialista de Petrólea, la población del país se vio sometida a múltiples vejámenes, haciendo que en forma sistémica y predeterminada sus habitantes, en contra de su voluntad, exhibieran conductas como la de mi madre, que por una dádiva gubernamental en medio del hambre y la escasez, se hizo preñar a la edad de quince, para acceder a ella. Posteriormente, todo resultó ser un fraude mediático y ella quedó preñada sin alguna posibilidad de poder salir a flote, a menos de que me entregara en adopción. Yo soy un orgulloso sobreviviente de aquella época y mi apellido es testimonio de ello.

»No obstante, le confirmo, señor Said, que de acuerdo con nuestra apariencia, yo debo ser su hijo biológico. Sin embargo, solo estaremos seguros si nos hiciéramos un examen de ADN, cosa que no veo necesario realizar pues, como ya le he explicado, estoy contento con cómo están las cosas ahora.

»He regresado al país con la determinación de unirme a la gran cruzada de reconstrucción nacional. Estoy consciente de que tenemos mucho trabajo por delante. Entre esas cosas que hay que enmendar está la de su salud y, en eso, creo poder hacerle un aporte que le será de mucha ayuda. En primer lugar, señor Said, pronto le haré llegar hasta aquí una máquina dializadora para que la espera de un riñón le sea más llevadera mientras encontramos uno para su trasplante. Adicionalmente, le ruego informe a Helmut de los requerimientos del hospital de Mucuchíes en esa materia, de modo que podamos solventar la demanda de esas máquinas aquí en el páramo para aliviarle a otros también este problema.

»Le prometo que mantendremos el contacto y que intentaré visitarlo con frecuencia. Por lo pronto, amigo Said, le agradezco su generosa hospitalidad y el haberme asumido como su hijo apenas me vio. Dele mis respetos a su esposa. Considero que es una gran mujer, pues imagino que no fue fácil para ella asumir la valiente postura que tuvo para con el problema de su apellido. No se moleste usted en bajar nuevamente las escaleras para despedirme. Hagámoslo aquí… —Al terminar sus palabras, se puso de pie y le dio un abrazo al señor Said, inclinándose sobre él mientras este permanecía sentado tras el escritorio.

Al salir del «Bazar El Paisano», los tres alegres hombres se dispusieron a buscar un cómodo hotel para pasar la noche.

# Mientras más lejos, más seguro

Para Gabriel, el país estaba más hundido de lo que la gente podía ver. La imposibilidad de una salida electoral como consecuencia de la terca posición del dictador de no aceptarla, condujo a la violencia y con ello a una mayor incertidumbre sobre cómo recuperar la estabilidad del país. Desde el exilio, se intentaba sembrar la intimidación a través de grupos terroristas que se hicieron llamar el «Ejército Bolivariano de Liberación Nacional» que intentaban entorpecer el cronograma establecido para la realización de las elecciones que darían final al denominado período de transición.

Desde Caracas se recibían constantemente noticias de cómo la población perseguía a los esbirros del régimen buscando venganza. La cacería de brujas era similar a la que la resistencia francesa le hizo en París a las prostitutas que se entregaron a los brazos de los alemanes durante la ocupación nazi. Igualmente, los «Juicios de Caracas» recordaban mucho a aquellos que se realizaron en Núremberg después de la caída del nacionalsocialismo. Había también grupos armados que daban búsqueda a los fugitivos del depuesto régimen de Petrólea.

Gabriel debía mantenerse inadvertido para poder adelantar su proyecto de inversión en la zona de las montañas andinas. La oscura experiencia de su secuestro en Cayenne le decía que debía estar muy alerta. Se había preocupado por mantener secreta su riqueza –obtenida de las regalías provenientes del uso de su algoritmo en el proyecto Tláloc y, posteriormente, en las instalaciones del programa HAARP en Anchorage, Alaska– no obstante, debía tener presente que él siempre sería un blanco exquisito y atractivo para quienes pretendieran utilizar su libertad a cambio de dinero. Afortunada y paradójicamente, mientras más alejado e ignoto fuera su paradero, más segura sería su existencia. Mucuchíes era un buen lugar para establecer su centro de operaciones, pues también le ofrecía la tranquilidad para pensar bien en cómo invertir productivamente sus recursos.

Tenía en mente varios proyectos. Inversiones en actividades con ventajas competitivas ocultas a la mayoría de los inversionistas. En general se trataba de empresas de gran impacto laboral con tasas de rendimiento del capital lo suficientemente altas como para augurar un rápido y sostenible incremento del bienestar social de la mano de obra asociada ellas.

Pidió al señor Said y a sus hermanas que mantuvieran en secreto el apoyo que recibían de él. Hizo de Helmut su testaferro y era él quien aparecía como benefactor en todo lo que hacían. Al cabo de poco tiempo, este ya había contratado a Jasmín, la segunda hija de Said, como su secretaria, oficio para el cual estaba muy bien formada.

En Alemania, Antonia esperaba que Gabriel le diera la señal definitiva para viajar con su hijo Karlchen a Venezuela. Gabriel ya había comprado vastas extensiones de tierra en las montañas para establecerse y buscaba la forma de conseguir material de construcción para comenzar a erigir su emporio.

# Avanzan los proyectos

**H**elmut Schneider aparecía como el gran inversionista que atraía para sí toda la admiración de su nuevo entorno en el páramo andino. El joven alemán, que había venido en calidad de guardaespaldas de Gabriel, se había convertido en su testaferro de confianza.

Jasmín, la hermana de sangre de Gabriel, se había enamorado de Helmut y este también lo había hecho de ella. Ambos planificaban casarse en secreto apenas tuvieran la oportunidad. La cercanía de ella hacia su compañero le había permitido saber algunas cosas de Gabriel, que de inmediato le hacía saber a su familia. Por ejemplo, se enteró por Helmut que pronto llegaría Antonia a Venezuela con su hijo Karlchen, de quien se decía, era hijo de la anterior relación de Antonia con su antiguo novio Norbert Ohm, miembro del equipo adscrito a la Siemens involucrado en el proyecto Tláloc.

Nadie sospechaba que el hijo de Antonia era, en realidad, también hijo de Gabriel, quien le donó su semen para la inseminación *in vitro* de un óvulo de Antonia, evento que fue mantenido por los dos en el más absoluto secreto. Solo se sospechaba que Antonia era la compañera de Gabriel. La vida que este había llevado, le había producido un callo en el alma que lo hacía inmune a los celos y a la envidia, haciéndolo un hombre muy magnánimo y equilibrado. Había cosas que era prudente mantener en secreto por el bien de todos. Entre las apariencias disfrazadas, que un hombre con la trayectoria de Gabriel debía mantener, estaba la de ser un hombre frío, distante y solitario. No se le conocían en público debilidades afectivas y vivía encerrado en su emporio, construido en las montañas de San Rafael de Mucuchíes, dedicado al desarrollo conceptual de propuestas de inversión para que luego su testaferro las anunciara al ser puestas en marcha.

A los dos años desde su regreso a Venezuela, Gabriel había emprendido tres grandes proyectos que comenzaban a rendir sus frutos en términos de prosperidad para quienes tenían la fortuna de trabajar en ellos. Como forma de conmemorar aquellos momentos tan exquisitos, en los que Gabriel y su mentor Karl Sonntag salían a pescar truchas, sin haber logrado pescar jamás una sola entre los dos, el primer gran proyecto fue la siembra de una enorme truchicultura, la cual suministraba la materia prima para una cadena de frío que garantizaba trucha empaquetada al vacío que pronto se convertiría en la principal fuente de proteínas en los municipios aledaños. También se producía, para la exportación, trucha ahumada aliñada con pimienta verde, también empaquetada al vacío, la cual se había convertido en un éxito gastronómico en Europa. El director de ese proyecto era nada más y nada menos que Mamadou, el cocinero de la base de lanzamiento de Kourou, que había sido despedido de la misma como consecuencia del incidente del secuestro de Gabriel. No le fue fácil convencerlo para que se viniera, pero gracias a la persistente súplica de Gabriel, Mamadou finalmente accedió a establecerse en Venezuela.

También Sáwaro fue otro que Gabriel logró convencer de unirse a su cruzada de inversiones en Venezuela, a quien nombró director de una empresa turística que organizaba viajes desde Europa —que comenzaban en el páramo andino y terminaban en el exótico Amazonas venezolano—. Esa empresa estaba teniendo un gran éxito y era administrada por Sáwaro junto a su compañera Cristiane, a quien conoció en París y con la que estableció una equilibrada relación marital.

Gabriel también invirtió en el cultivo a gran escala de champiñones y otros hongos y se estudiaba la posibilidad de enlatarlos para la exportación. Un gran descubrimiento de los técnicos contratados por Gabriel fue el de determinar las excelentes condiciones climáticas y geográficas para el cultivo de trufas, cuya calidad comenzó a convencer al exigente mercado de la gastronomía europea. Para este proyecto había convencido a Daniel y a Miela Luce a que viajaran desde Ohio para encargarse del negocio.

De esta forma, Gabriel invertía los recursos provenientes de las regalías secretas de su algoritmo utilizado en la naciente y polémica ciencia de la ingeniería climática.

# No hay tiempo que perder

El proyecto Tláloc tuvo mucho éxito aumentando el tamaño de las reservas acuíferas de los principales oasis de los Emiratos Árabes Unidos. Con ello elevó la escasa superficie cosechable del país a casi un tercio del territorio total de los Emiratos. No obstante, Gabriel sabía que la manipulación del clima a favor de alguna región en particular tendría como inevitable consecuencia que, tarde o temprano, iría en detrimento de otras áreas geográficas del mundo. Como decía su fallecido mentor Karl Sonntag, «reducir el desierto en alguna parte, significaría crearlo en otra».

Por otro lado, el cambio climático mundial y la grosera pasividad de las potencias económicas del mundo para tomarlo en serio, ocultaban los efectos que el proyecto Tláloc pudiera tener sobre el clima mundial, confundiéndose con la proliferación de tormentas tropicales sobre las regiones ecuatoriales del planeta.

Los estragos que anualmente se producían en las costas tropicales de países de África central, Asia y América, eran cada vez más devastadores, generando muerte y miseria a su paso. Finalmente se había llegado al umbral que todos temían: la entrada a un período de decrecimiento mundial de la población que se estuvo ocultando mediáticamente durante mucho tiempo hasta que fue demasiado obvio. En los últimos años, habían muerto anualmente millones de personas víctimas de huracanes, tifones y vaguadas.

Los analistas internacionales advertían que la pasividad ante el calentamiento global obedecía al oscuro objetivo de provocar una drástica reducción de la población mundial, para recuperar el equilibrio entre esta y los recursos naturales existentes. Ya no eran necesarias las guerras para movilizar las economías poderosas del planeta. Las catástrofes naturales se encargaban de producir «a bajo costo», los niveles de destrucción necesarios para alimentar el crecimiento económico que alejara los períodos recesivos de la economía mundial.

En el marco de ese redimensionamiento, las nuevas tecnologías energéticas iban posesionándose paulatinamente del escenario mundial. Para los países con enormes yacimientos de combustibles fósiles, eso significaba que debían diversificar y reconvertir a tiempo sus economías para afrontar la disminución de la demanda mundial de estos recursos energéticos. Venezuela estaba presionada por sacarle provecho a sus riquezas fósiles después de haber perdido veinte años bajo la destructiva gestión de la dictadura recién depuesta.

Gabriel luchaba por hacer entender a los demás que no había tiempo que perder, pero su voz era apenas un sordo clamor que solo unos pocos podían comprender. La escogencia de nuevos ejes productivos de la nación tenía que ser muy selectiva. Afortunadamente, Venezuela contaba con tantas ventajas competitivas aún no reveladas, que el capital transnacional rápidamente se volcó hacia ella en pos de descubrirlas y sacarles provecho. El país se estaba configurando como la economía emergente más importante del planeta. Su ritmo de recuperación era considerado el nuevo milagro económico del mundo.

# Final

El país estuvo sometido durante largo tiempo a tres pulsos que señalaban que, a la postre, efectivamente se estaba recuperando de más de veinticinco años de una dictadura que lo dejó en la más paupérrima ruina.

El primero, el ritmo de un pueblo que se había jurado a sí mismo superar los resquicios de la nefasta apuesta del socialismo del siglo XXI. Era el ímpetu de un gentilicio que, después de haber derrotado a la dictadura, se había fijado el objetivo de superarse con trabajo y esfuerzo, reconociendo al «mercado» como la mejor y más eficiente institución, a cargo de la tarea de asignar los recursos en función de una senda de creciente bienestar social para todos. Ya se había aprendido la lección de que cualquier intento de sustituir al mercado con el criterio de una élite que designe, en forma discrecional y unilateral, hacia dónde dirigir los recursos de un Estado, conduciría inevitablemente al fracaso.

El segundo, el compás del lastre social que dejó la dictadura sobre la población infantil que tuvo la desgracia de haber nacido bajo el yugo de Madeira. Ochenta años después, cuando murió el último de aquellos famélicos niños de la revolución de Madeira, fue cuando finalmente se pudo decir que Venezuela se había liberado totalmente del fantasma del socialismo. Los enormes costos que debió afrontar el país para cargar con el sustento de aquella población inocente a la cual se le amputó cualquier posibilidad de empoderamiento y desarrollo como consecuencia de no haber podido alimentarse adecuadamente durante los primeros ocho años de vida, fueron similares a mantener, por razones humanitarias, a una población de zombis. Estaba claro que la sociedad debió remontar esa carga con solidaridad, para hacer que, en realidad, el país resurgiera de sus cenizas.

Por último, el pulso de la degeneración del planeta como consecuencia de la deliberada pasividad ante casi doscientos años de combustión indiscriminada de petróleo y carbón. Los gobernantes de Venezuela finalmente entendieron que el resurgimiento exitoso del país debía montarse sobre los rieles de políticas de largo aliento, que permitieran la reconversión de su riqueza petrolera en nuevos ejes de desarrollo, abandonando la era de los gobiernos que eslabonaban su gestión como una larga cadena de salchichas rellenas de populismo financiado con petróleo, totalmente aisladas una de la otra, sin observar una conexión con el futuro a largo plazo del país. Es decir, se entendió que, independientemente de la entrada o salida de los actores políticos a los que de manera circunstancial les correspondía gobernar como resultado de un proceso electoral, era necesario que subyacieran proyectos, cuyo tiempo de maduración trascendiera al de los períodos presidencialistas.

Uno de los mecanismos más exitosos para facilitar el tendido de esos rieles hacia el futuro fue la creación de fondos de inversión, cuyos criterios de inyección y uso de los recursos contenidos en ellos, estaban diáfanamente establecidos sobre las bases de la sustentabilidad operacional de estos fondos a lo largo del tiempo. Esto último, ya se había asumido como un componente indispensable del nuevo *ADN* democrático de la nación.

Gabriel Cantarrana había sido el artífice de la creación de estos fondos. Gracias a que los resultados que su modesta iniciativa individual fueron determinantes en el progreso de la región andina, por encima de las demás regiones del país, se le tomó como ejemplo a seguir y se emularon sus acciones en lo sucesivo.

Gabriel tuvo una longeva existencia. Murió feliz y en paz, a los ciento dos años de edad. Antonia, su compañera durante la mayor parte de su vida, murió a su lado, cuando este entraba en los ochenta. Su hijo Karl, a quien cariñosamente siempre llamaron Karlchen, heredó la fortuna y la dirección del emporio de Gabriel.

Josefina se quedó para siempre con su querido esposo Jim Luce, en Ohio. Liselotte, la hermana de sangre de Gabriel, murió trágicamente a temprana edad en un accidente de tránsito, conduciendo hacia la escuela pública en Newark en donde se desempeñaba como maestra, razón por la cual Gabriel y su hermana nunca tuvieron la oportunidad de estrechar sus vínculos sanguíneos.

Daniel y Miela Luce, junto con Ousmane y Sáwaro, siempre estuvieron al lado de Gabriel hasta que murieron superados por su longevidad.

Abdul, el compañero árabe de Helmut en las labores de proveerle seguridad a Gabriel, regresó a Los Emiratos Árabes Unidos después de veinte años al servicio del señor Cantarrana.

Said, su padre biológico, al poco tiempo de conocer a su hijo recibió un riñón trasplantado y vivió siete años más a partir de entonces. Adicionalmente, Gabriel se vio aliviado de su tormento de ser el último hijo varón portador del apellido, gracias a que su cuñado alemán, Helmut, accedió a llevar el apellido de su esposa Jasmín, hecho que le resultó muy conveniente, dado su pasado de mercenario de muchas guerras alrededor del mundo.

Con el tiempo, el legado de Gabriel se convirtió en una profunda referencia para la humanidad, y los detalles acerca de su épica vida sirvieron de alimento histórico y moral a las generaciones del futuro. Un futuro lejano y remoto, signado por la destrucción presente, en el que la tierra y la vida de los humanos sobre ella, encontrarían salvación portando el estandarte de los valores que Gabriel Cantarrana sembró en las montañas de los Andes merideños.

# Biografía del autor

Armando Córdova Olivieri, nació en Caracas, Venezuela, el 26 de septiembre de 1960. Hijo del economista Armando Córdova, individuo de número de la Academia de Ciencias Económicas y Sociales y la vitralista Ligia Olivieri, Premio Nacional de Artes Aplicadas 1968.

Tuvo una infancia temprana y posteriormente, una educación primaria y secundaria, aderezada por la necesidad de tener que viajar en cuatro oportunidades al extranjero, debido al traslado de toda la familia, ocasionado por la actividad académica del padre. De esta forma vivió, por prolongados períodos, en Holanda, Polonia, Alemania e Italia, teniendo que alternar su educación entre Venezuela y los dos últimos países.

Posteriormente, en 1983, después haber ingresado a la Facultad de Ingeniería de la Universidad Central de Venezuela (UCV), abandona esta última, habiendo culminado el ciclo básico de esa carrera, para ingresar a la Escuela de Economía de la Facultad de Ciencias Económicas y Sociales de la UCV y finalmente obtener el título de economista en 1988, ocupando el tercer lugar de la promoción. De seguidas, viaja a Alemania en 1989, después de obtener una beca de la fundación alemana, Konrad Adenauer, para realizar estudios de maestría, en la especialidad de investigación empírica de la economía, en la universidad alemana de Bielefeld, bajo la tutoría del profesor Joachim Frohn. En la ciudad de Bielefeld, vivió cinco años.

Regresa a Venezuela en 1994 e ingresa a la UCV como profesor de econometría y estadística. Trabajó en el área de la prospectiva económica con Ruth de Krivoy, Pedro Palma y como asesor del ministro de Hacienda, Luís Raúl Matos Azócar, durante la segunda presidencia del Dr. Rafael Caldera.

Con la entrada de Hugo Chávez a la presidencia de Venezuela es nombrado economista jefe del Ministerio de Hacienda, cargo que desempeña para los ministros José Rojas y Maritza Izaguirre. Creó y dirigió la Oficina de Programación y Análisis Macroeconómico (OPAM) hasta el año 2000.

Su vinculación con las artes literarias data desde la adolescencia, habiendo cultivado el hobby de la escritura, concentrado principalmente en la narrativa corta. Ha escrito alrededor de trescientos cuentos desde aquel entonces hasta la fecha, forjándose de esta forma, sus dotes y estilo propio, para la narrativa escrita.

Durante la crisis vocacional de la facultad de ingeniería, luego de abandonarla, viaja a San Rafael de Mucuchíes y conoce a los artistas Juan Félix Sánchez y Epifania Gil, con quienes vive una temporada en El Tisure, construyéndose una entrañable amistad entre ellos. De esa época, datan recuerdos de anécdotas y vivencias, cuya reminiscencia se convierte pronto en notas y cuentos que, finalmente, adquieren la forma del relato La Mirada de Pascualina.

www.ingramcontent.com/pod-product-compliance
Lightning Source LLC
Chambersburg PA
CBHW020411180626
46812CB00003B/922